Marco Malvaldi

EIN KÖNIGLICHES THEATER

Marco Malvaldi

EIN KÖNIGLICHES THEATER

Kriminalroman

Aus dem Italienischen von Luis Ruby

PIPER

Mehr über unsere Autoren und Bücher:
www.piper.de

Die italienische Originalausgabe erschien 2015 unter dem Titel
»Buchi nella sabbia« bei Sellerio Editore, Palermo.

Von Marco Malvaldi liegen im Piper Verlag vor:

Krimiserie um den Barista Massimo
Im Schatten der Pineta
Die Schnelligkeit der Schnecke
Die Einsamkeit des Barista
Schlechte Karten für den Barista
Eine Frau für den Barista

Eigenständige Kriminalromane
Das Nest der Nachtigall
Toskanische Verhältnisse
Verbrechen auf Italienisch

MIX
Papier aus verantwor-
tungsvollen Quellen
FSC® C083411

ISBN 978-3-492-06010-3
© Sellerio Editore, Palermo 2015
© der deutschsprachigen Ausgabe:
Piper Verlag GmbH München 2017
Satz: Kösel Media GmbH, Krugzell
Gesetzt aus der Scala
Druck und Bindung: CPI books GmbH, Leck
Printed in Germany

Für Lucia Stanescu

Ich lebte nicht. Stumm auf den stummen Seiten
Beschrieb ich ihn, erstaunte mich zuzeiten.
Ich lebe nicht. Allein, eisig, daneben,
Sehe ich mich lächelnd selber leben.

Guido Gozzano

EIN KÖNIGLICHES THEATER
Lustspiel in drei Akten

Figuren in der Reihenfolge ihres Auftretens:

RUGGERO BALESTRIERI: Tenor und zudem militanter Anarchist. Überzeugter Vertreter der Idee, dass alle Menschen gleich sind, er ausgenommen.

BARTOLOMEO CANTALAMESSA: Impresario und Alleinverantwortlicher der renommierten Kompanie »Nomadisches Arkadien«, dessen wichtigste Aufgabe darin besteht, Streit zwischen den dort beschäftigten Sängern zu verhindern. Womit er ganz schön zu tun hat.

ALFREDO FRASSATI: Herausgeber der Tageszeitung *La Stampa*. Hat einen Sohn, der einst seliggesprochen werden wird.

ERNESTO RAGAZZONI: Journalist bei *La Stampa*, Dichter und Musik- und Kunstkenner. Liebt die Farbe Rot, ob auf Fahnen oder im Weinglas. Läuft keinerlei Gefahr, kanonisiert zu werden.

TERSILIO BENTROVATI: Intendant des Neuen Theaters in Pisa. Ein guter Mann, der versucht, sein Bestes zu geben. Was wie so häufig nicht ausreicht.

GIANFILIPPO PELLEREY: Carabiniere, Leutnant beim Korps der Königlichen Wache. Von hohem Wuchs und hohen Werten.

RENATO MARIA MALPASSI: Dirigent. Brutal gegenüber den Wehrlosen, unterwürfig gegenüber den Vierschrötigen, zartfühlend zu den Tenören und hysterisch zu den Sopranen.

CLETO STRAMBINI: Aufseher und Faktotum am Neuen Theater in Pisa. Tritt nur ein einziges Mal auf und ist nicht der Mörder, machen wir also keine weiteren Worte um ihn.

ULRICO DALMASSO: Hauptmann beim Korps der Königlichen Wache. Unmittelbarer Vorgesetzter von Leutnant Pellerey und ein ganzer Kerl. Wobei man sich fragt, ganz was?

BARTOLO AMIDEI, genannt CHARON: Steinmetz aus Carrara und daher Anarchist. Hat den Auftrag, den heiligen Kaspar in Stein zu meißeln.

ARTEMIO CATTONI, genannt BARABBAS: siehe oben.

RENATO BRANDINI, genannt TAMBURIN: siehe oben, nur dass er an einer Statue des heiligen Vitalis arbeitet.

ROSILDO CASTRIOTA, genannt TARALLO: siehe oben, aber auf etwas höherem Niveau in puncto Bildung und ihm zuerkannter Autorität.

GIUSTINA TEDESCO: Sopranistin mit schöner Stimme, schönem Äußeren und schönen Aussichten. Einzige Frau der Kompanie – schließlich gibt es in *Tosca* ja nur eine weibliche Rolle.

PIERLUIGI CORRADINI: Waffenmeister der Kompanie. Adrett und elegant, aber auch ehemaliger Soldat und stets bereit, zur Verteidigung seiner Ehre die Waffe zu ziehen.

TESEO PARENTI: Bass und auch körperlich eher in tiefen Lagen unterwegs. Wenn er den Raum betritt, klopfen die anderen zu ihrer Verteidigung auf Holz.

ANTONIO PROIETTI: Statist, also Randfigur, wobei er durchaus eine gute Figur macht, weil groß, gut aussehend und intelligent. Wenn auch weniger, als er sich einbildet.

ROMOLO BONAZZI & REMO POMPONAZZI: Bühnentechniker. So genial wie anarchistisch, und sie sind wirklich Anarchisten. Stets zusammen, im Leben wie auf dem Theater. Zu Gesicht bekommt man sie nie, doch ohne sie wäre dieses Buch nicht denkbar. Wie bei jedem Schauspiel, das auf sich hält.

OUVERTÜRE
oder Tosca aus Sicht eines Toskaners

Nichts kann so schnell wie eine Oper in kürzester Zeit vom Bewegenden zum Lächerlichen wechseln, wenn das Schicksal es so will.

Tatsächlich ist ja schon die Oper an sich eine künstliche und nur durch ein Wunder haltbare Situation, die uns Belcanto-Fans einen geradezu maßlosen Abstraktionswillen abverlangt. Es fällt nicht leicht, gerührt zu sein, wenn ein Bariton, dem ein Messer in den Leib gerammt wurde, aus voller Kehle eine Romanze intoniert, anstatt auf offener Bühne zusammenzubrechen, wie es von einem halbwegs wohlerzogenen Menschen zu erwarten wäre, dem gerade die Niere durchbohrt wurde. Und es bedarf einer gewaltigen Konzentration auf die Musik, um nicht laut loszulachen, wenn ein siebzigjähriger Tenor in der Rolle des verliebten Jünglings die Schönheit einer Mezzosopranistin preist, die so viel Raum einnimmt wie zwei Kontrabässe.

Die Oper steht kraft ihrer eigenen Natur außerhalb der Wirklichkeit. Und der Melomane, der einzig wahre Opernliebhaber, der stets neuen Interpretationen immer gleicher – und gleich unglaublicher – Arien lauscht, sucht genau dies.

Leider vergisst die Wirklichkeit zuweilen ihre gute Kinderstube und stürmt hinaus auf die Bühne, und das mit einem Enthusiasmus, der jenem des obsessiven Opernfreunds in nichts nachsteht. Und wenn sie sich dazu entschließt, einen Sänger umzugrätschen, dann fast immer bei einer Inszenierung von *Tosca*.

Von den tausend und mehr Anekdoten über barocke Verwicklungen, die sich ergeben können, wenn eine Oper auf die Bühne gebracht wird, dreht sich mehr als die Hälfte um die Sopranistin, die sich in den Maler Cavaradossi verliebt. Und fast alle ereignen sich wie einem Naturgesetz folgend am Schluss der Aufführung.

Bekanntlich muss Tosca am Ende der Oper erkennen, dass ihr geliebter Maler von echten Gewehrkugeln durchsiebt wurde und nicht von Platzpatronen. Das Erschießungskommando auf den Fersen, beschließt sie, sich das Leben zu nehmen, indem sie sich von den Basteien der Engelsburg stürzt. In dieser bei Regisseuren so beliebten wie beim Rest der Kompanie gefürchteten Szene muss sich eine Sängerin aus nicht unbeträchtlicher Höhe fallen lassen. Die wenigsten Bühnenkünstler sind in körperlicher Hochform, von den Tänzern einmal abgesehen. Weshalb bei einer der ersten Aufführungen in Übersee die Techniker der New Yorker Metropolitan Opera, um der Sopranistin den Kontakt von Zahnfleisch und Bühne zu ersparen, unterhalb der Kulissen, also der Festung, einen elastischen Teppich aufspannten. Dieser Teppich war auf das Gewicht der Titular-Tosca ausgerichtet, die um die fünfzig Kilo wog, nicht jedoch auf das ihrer Stellvertreterin, die auf die hundert zuging.

Bedauerlicherweise sang am vierten Abend die Stellvertreterin.

Und stürzte sich so schwer wie glaubhaft in die Tiefe,

wo sie dann auf dem Teppich auf- und abprallte, bald hinter den Bastionen aus Pappmaché auftauchend, bald wieder darunter verschwindend, während das Orchester diese olympiareife Leistung in Unkenntnis des Dramas mit wehmütigen Akkorden unterlegte.

In diesem Fall war der Dung am Dampfen, weil der Regisseur ein Übermaß an professionellem Einsatz verlangt hatte. In anderen Fällen gründet das Malheur darauf, dass es gerade hieran fehlt. So wie an der Oper von Pittsburgh, wo man mangels Statisten Schüler von der örtlichen Highschool für das Erschießungskommando einteilte. Und neben den Einschränkungen beim Personal litt die Produktion auch an zeitlicher Enge. So kam es, dass die Generalprobe nur unvollständig stattfand und die Schüler das Stück nicht bis zum Ende miterlebten. Vor der Premiere erkundigten sich die Mitglieder des bartlosen Pelotons beim Regisseur, was sie zu tun hätten, und der Regisseur antwortete: »Erst erschießt ihr den Mann, dann folgt ihr der Frau.« Und daran hielten sie sich: Nachdem Cavaradossi erschossen worden war, folgten die Grenadiere der Tosca bis hinauf auf die Basteien, wo sich die Sopranistin voller Verzweiflung in die Tiefe stürzte. Voller Verzweiflung und mit dem gesamten Erschießungskommando hinterdrein, dessen Mitglieder ins Leere sprangen wie ihren Weisungen getreue Marines.

Nicht immer freilich ereignet sich das Unerwartete auf der Bühne. Manchmal tragen auch die Zuschauer ihr Scherflein bei, so wie am Teatro di San Carlo in Neapel, wo die Rolle des Cavaradossi an einen derart ungeeigneten und beschränkten Tenor fiel, dass nach seiner Erschießung das gesamte Publikum, vom Parkett bis in die letzte

Reihe, seine grauenhafte Darbietung mit einem spontanen Beifallssturm quittierte, zur Feier des Pelotons, der ihn gerade füsiliert hatte.

Das alles sind gewiss peinliche Situationen; doch wenn man objektiv sein möchte statt meloman, so kann man im Grunde mit einem herzlichen Lachen darüber hinweggehen. Ganz anders lägen die Dinge, würde am Ende der Oper tatsächlich jemand auf der Bühne erschossen.

Und genau das geschah am 1. Juni des Jahres 1901 am Neuen Theater in Pisa, vor den Augen Seiner Exzellenz Viktor Emanuel III., der damals bereits Fürst von Neapel war und noch nicht Kaiser von Äthiopien, durchaus aber König von Italien, wenn auch erst seit weniger als einem Jahr.

Erster Akt

NULL

»*Tosca?*«

»*Tosca.*«

»Kenne ich nicht.«

Gemütlich in einem Sessel fläzend, die Füße auf einem Hocker übereinandergelegt, den massigen Leib in einer mit schrillen Arabesken verzierten Robe, unterstrich der Tenor Ruggero Balestrieri seine Aussage, indem er den Kern einer soeben verzehrten Kirsche in den Spucknapf spie, einen halben Meter vom Sessel entfernt.

»Sie kennen die letzte Oper Puccinis nicht?«, fragte der Impresario Cantalamessa.

»Ich bitte Sie, natürlich kenne ich die. Ich weiß, dass es sie gibt. Ich habe sie nur nicht öffentlich aufgeführt.«

Und daher auch nicht privat gelesen oder auch nur in Erwägung gezogen.

Eines ist misslich, wenn man erwachsen wird, dachte Bartolomeo Cantalamessa, während er den im Sessel lümmelnden Balestrieri musterte: Man verliert seine Einzigartigkeit.

In unserer Kindheit ist jede noch so banale Handlung eine Errungenschaft, ob real oder eingebildet; wir sind von Menschen umgeben, die uns zujubeln, wenn wir die ersten Schritte tun, die in Ekstase geraten, wenn wir etwas aufessen, und die selbst für Ausscheidungen noch Begeisterung aufbringen. Dann aber wird man fatalerweise groß, und der besagte Enthusiasmus löst sich allmählich in Luft auf. Es gibt Menschen, denen es gelingt, das hinzunehmen, das ist die Mehrheit. Und es gibt Menschen, denen das nicht gelingt, das sind die Opernsänger.

In den Augen Ruggero Balestrieris zerfiel die Welt in zwei klar abgegrenzte Teile. Auf der einen Seite der Tenor Ruggero Balestrieri, auf der anderen die übrigen Bewohner des Planeten. Beide Teile dienten einem eindeutigen Zweck: Beim Tenor Ruggero Balestrieri war das die Sangeskunst. Beim Rest der Welt war es die Anbetung des Tenors Ruggero Balestrieri.

»Wie ist die Oper? Aus wie vielen Szenen besteht sie?«

»Es handelt sich um einen Dreiakter. Etwa zwei Stunden Musik. Neun Personen und eine Struktur, die man wohl als ungewöhnlich bezeichnen darf. Zahlreiche gespielte Szenen und wenige Arien.«

»Wenige Arien?«

Also wenige Gelegenheiten für mich, auf der Bühne in Beifall zu baden?

Der Tenor Ruggero Balestrieri nahm eine kleine Frucht aus der Schale, und seine Miene kündete von grenzenloser Missbilligung.

Da ließ Cantalamessa die Bombe platzen.

»Ja, es sind schon wenige. Zwei Romanzen für den Tenor und eine für den Sopran.«

Bartolomeo Cantalamessa war nicht nur irgendwie Impresario, Bartolomeo Cantalamessa war Impresario mit Leib und Seele. Alles, was er darüber hinaus erlebt hatte, war Grund oder Folge dessen, was er für den schönsten Beruf der Welt hielt. Zu den Gründen zählten zwei Eltern, die Musik liebten, und eine Ausbildung als Pianist, zu den Folgen Geliebte, eine Menge Geld und ein Leben, in dem das Wort »Langeweile« ein abstrakter Begriff blieb.

»Und die übrigen Darsteller?«

»Die haben keine.«

Anders gesagt, liebes Dickerchen, hast du doppelt so viele Romanzen wie die Sopranistin. Und unendlich viel mehr Aufmerksamkeit als der Rest der Kompanie. Wen scheren die anderen, getragen wird die Oper von Cavaradossi. Und Cavaradossi könntest du sein.

»Der Anlass ist äußerst prestigeträchtig und erfordert Darsteller, die dem gerecht werden.«

»Na, dann will ich hoffen, dass die übrigen Sänger auf der Höhe sind. Wen hatten Sie da im Sinn?«

»Für den Sopran dachte ich an Giustina Tedesco.«

Balestrieri nickte gewichtig, um seine Zustimmung zu bekunden.

»Hervorragend. Jung, doch überaus begabt, wie ich allseits höre.«

Und außerdem wird allseits kolportiert, dass Cantalamessa sie regelmäßig flachlegt, in letzter Zeit soll er sie zu offiziellem Rang erhoben haben. Der Tenor Ruggero Balestrieri hatte sie noch nie singen hören, und soweit es ihn anging, konnte sie so hässlich sein wie eine gebratene Kröte und eine Stimme haben wie Fingernägel, die über eine Tafel kratzen. Umso besser, denn dann käme er nur noch mehr zur Geltung. Ruggero Balestrieri mag eitel sein, aber er ist nicht blöd.

»Wieso eigentlich prestigeträchtig?«, fuhr der Tenor fort, der sich bereits ausmalte, wie der Beifall von allen Rängen rauschte, wie sich die kleinen Schneiderinnen vor der Garderobe drängten, und später würde er dann zum Hengst, wie es jeder Bühnenkünstler als den gerechten Lohn Seiner Mühen ersehnt.

»Weil die Oper in Anwesenheit des Königs gesungen wird.«

»Ach.«

Das konnte ein Problem werden, und Cantalamessa wusste es.

Über Balestrieri waren Cantalamessa drei Dinge mit Sicherheit bekannt. Erstens galt er als außerordentlicher Tenor mit einem beachtlichen Stimmumfang, der Fähigkeit, auch in höchsten Höhen ein Pianissimo zu intonieren, und einem *filato*, von dem man Gänsehaut bekam.

Zweitens war er ein Holzkopf und Querulant, stets bereit, sich über seine Kollegen zu beschweren, über die Orchestermusiker, die Chorsänger, die Honorare, die atmosphärischen Bedingungen und so gut wie alles, was nicht nach seinem Wunsch verlief; erstaunlich, dass er bei der Erwähnung Giustinas keine Einwände erhoben hatte. Na, umso besser.

Drittens war Balestrieri in Carrara geboren und aufgewachsen und als Sohn einer Steinmetzfamilie überzeugter und militanter Anarchist. Einer, der ohne Weiteres antworten mochte, solange der König im Theater sitze, bleibe er draußen.

»Das lässt Sie kalt?«

»Nein, überhaupt nicht. Ganz im Gegenteil. Mir ging durch den Sinn, dass der Anlass, wenn Seine Majestät zugegen ist, in der Tat prestigeträchtig genannt werden darf. Wie sehen Sie das?«

Mir ist schon klar, worauf du hinauswillst.

»Ganz genauso. Die vorgesehene Gage beträgt übrigens zweitausend Lire.«

Zweitausend Lire. Fast vierhundert Dollar. Für diejenigen, die das wirtschaftshistorisch nicht einzuordnen vermögen: Wir sprechen hier von einer Summe mit einer Kaufkraft von circa zwanzigtausend Euro. Gleichgültig, in welche Ware Balestrieri schon innerlich investierte – es war ihm deutlich anzusehen –, ob in dieses neumodische Teufelswerk namens Automobil oder in die althergebrachte, aber noch immer gültige Kombination Wein & Weib, der Vorschlag war offenbar zu ihm durchgedrungen.

»Das ist akzeptabel«, antwortete der Tenor Ruggero Balestrieri nach ein paar theatralischen Momenten des Schweigens, schwenkte die Beine vom Sitzkissen und erhob sich zum Zeichen, dass die Verhandlungen abgeschlossen seien und der Impresario sich nun bitte schleichen möge, ich habe hier nämlich Wichtigeres zu tun, was genau, weiß ich noch nicht, aber irgendwas werde ich schon finden.

Cantalamessa hob mit einem Lächeln das Glas Wermut.

»Schön. Also auf *Tosca*.«

»*Tosca*?«

»*Tosca*.«

Der Mann mit dem Bart hob den Blick über den Schreibtisch und musterte sein Gegenüber. Einen Mann, der anstelle des Backenbartes über einen Schnauzer verfügte, und auch wenn das bereits ausreichen würde, um die beiden voneinander zu unterscheiden, schadet es wohl nicht, die zwei Bärte näher zu beschreiben.

Der Schnauzer des Mannes, der hinter dem Schreibtisch

saß, war dünn und kastanienbraun, akkurat getrimmt und seinem Alter zum Trotz mit der einen oder anderen weißen Strähne durchzogen, ein Gesichtsschmuck, der aufmerksam über das Antlitz seines Eigentümers wachte, stete Erinnerung daran, dass von einem Mann, der einen solchen Schnauzbart trägt, keine Überraschungen zu erwarten sind. Sooft er den Mund öffnete, unterstrich sein Schnauzer die Bedeutung und Stichhaltigkeit eines jeden Wortes und verharrte dabei fest auf seiner Position, als wollte er sagen: Hiervon wird nicht abgewichen, unter keinen Umständen.

Die Gesichtsbehaarung des Mannes, der vor dem Schreibtisch stand, war hingegen tiefschwarz, ein Zeichen der Jugendlichkeit; dem Zustand nach aber hatte sie schon weitaus mehr erlebt als ihr Widerpart, und es war unverkennbar, dass diese Haare nicht viel Seife gesehen hatten und noch weniger Wasser. Um etwaige Infektionen brauchte man sich jedoch nicht zu sorgen: Die erhebliche Konzentration von Ethylalkohol, welcher der Bart von seinem Eigentümer täglich ausgesetzt wurde, mit großzügigen Anwendungen nachmittags und vor allem abends, schützte ihn aufs Hervorragendste vor dem Risiko einer Sepsis. Kontaminiert ja, aber keimfrei.

»Sie sind unser Korrespondent für Musik, Kunst und Gesellschaftsthemen«, sagte der Schnauzbärtige in väterlichem, doch strengem Ton. »Nun, hier trifft das alles zusammen. Wir haben die Aufführung einer Oper von Maestro Puccini, die in der Heimat wie auch im Ausland so viele Lorbeeren einheimst, angesetzt in einer der bedeutendsten Kunststädte Italiens, und das in Anwesenheit Seiner Majestät des Königs. Welcher Einsatzort könnte besser zu Ihnen passen?«

»Da kämen mir Tausende in den Sinn«, antwortete Bart Nr. 2, und es klang gezwungen fröhlich, als kostete es ihn Mühe, zu einem friedlichen Einvernehmen zu gelangen. Angesichts der Tatsache, dass sich nur zwei Menschen im Zimmer befanden, ist unschwer zu erraten, mit wem.

Wenn die werte Leserschaft allerdings auch wissen möchte, warum, so wird die Aussage genügen, dass der seriöse Schnauzer hinter dem Schreibtisch fest mit dem Herausgeber der Zeitung *La Stampa*, Dr. Alfredo Frassati, verwachsen ist, während der ungenießbare Bart seinen Zustand der Tatsache verdankt, dass er jahrelang die Fress- und vor allem die Sauforgien Ernesto Ragazzonis mitgemacht hat, eines aus Orta am gleichnamigen See stammenden Dichters, Philosophen und Schriftstellers, aber doch auch noch eines menschlichen Wesens und somit genötigt, sich gewöhnlichen Dingen wie dem Essen und Schlafen zu widmen. Was er durch seine Tätigkeit als Journalist und Angestellter der genannten Tageszeitung gewährleistet.

»Zum Beispiel?«

»Zum Beispiel Turin, anstatt in eine Provinzstadt zu reisen und der Aufführung einer Oper beizuwohnen, die schon seit über einem Jahr gespielt wird und die ich übrigens auch in unserer Stadt schon gesehen habe.«

Dr. Frassati schüttelte den Kopf.

»Was das Provinzielle betrifft, Ragazzoni, so haben Sie bereits bewiesen, dass Sie in der Lage sind, selbst noch in Novara für Gezeter zu sorgen«, antwortete er gelassen. »Das muss man erst einmal schaffen, nach einem Monat an der Spitze einer Zeitung gefeuert zu werden. Falls Ihr Gedächtnis Sie im Stich lassen sollte, darf ich Ihnen in Erinnerung rufen, dass ich Sie aus ebendiesem Grund wieder bei unserem Blatt willkommen heißen konnte. Und um ehrlich zu sein, war ich überzeugt davon, der Fehlschlag habe Sie etwas darüber gelehrt, wie man in der Welt zurechtkommt.«

Ragazzoni, die Hände hinter dem Rücken verschränkt, nickte wie ein Schuljunge und neigte dann den Kopf zur Seite.

»Ich geb's ja zu, da habe ich einen Fehler begangen. Ich hätte die Leitung eines bekannt konservativen und bigotten Blattes wie der *Gazzetta di Novara* niemals annehmen sollen. Das hier ist etwas ganz anderes.«

»Bei der Zeitung, ja. Wie Sie wissen, Ragazzoni, sind Sie hier frei zu schreiben, was Sie wollen. Aber Freiheit ist eines, sich Freiheiten herausnehmen etwas anderes.«

Ragazzoni atmete tief durch und sah dann zum Fenster.

»Entschuldigen Sie, Herr Direktor, soll ich gerade für etwas bestraft werden?«

»Sagen wir's so, Ragazzoni. Gestern Nachmittag standen im Philologischen Zirkel Dante und die toskanische Tradition der Stegreifdichtung auf dem Programm.«

»Gewiss. Verzeihen Sie, Herr Direktor, aber ich war einer der Vortragenden. Sie haben mich selbst hingeschickt.«

»Das weiß und bedauere ich. Trifft es zu, dass Sie zu Ihrem Vortrag verspätet eintrafen, in Pantoffeln und offensichtlich betrunken?«

»Das kann ich nicht leugnen.«

»Trifft es zu, dass Sie, als der Leiter des Zirkels, Professor Perrone, Sie auf Ihre ungebührliche Verspätung hinwies, geantwortet haben: ›Ich rate Ihnen, Uhren zu misstrauen, Herr Professor. Irgendwer bezahlt die, damit sie alle dasselbe behaupten‹?«

»Ja«, antwortete Ragazzoni in neutralem Ton, »aber ich verstehe nicht, weshalb Sie über diesen Spruch lachen, wenn ich ihn hier in der Zeitung vorbringe, und dann empört reagieren, wenn Sie ihn von Dritten zugetragen bekommen, insbesondere von einem Bischofsbruder.«

»Trifft es zu, dass Sie auf das Ersuchen, Ihre eigenen Fähigkeiten auf dem Gebiet der Stegreifdichtung vorzuführen, zum Beispiel zum Thema ›Wissen‹, die folgenden fragwürdigen Verse von sich gaben: ›O Herr, wenn ich nur wüsste / wohin mit dem Gelüste. / Sooft ich Lippen küsste‹ ... den Rest übergehe ich mal anstandshalber?«

Ragazzoni nickte mit einem tiefen Seufzer. Tatsächlich war er auf sein kleines Spontangedicht noch immer stolz.

»Sehen Sie, ich habe das als etwas herabsetzend empfunden. Ein paar Verse zum Thema Wissen schmieden ist zu leicht, das kann doch der letzte Trottel. Da hätte ich mir von den Mitgliedern des Philologischen Zirkels schon andere Herausforderungen erwartet. Wäre ich zum Beispiel aufgefordert worden, auf das Wort ›kurz‹ zu reimen, hätte ich es schwerer gehabt. Da bieten sich ja nicht allzu viele wohlriechende Wörter an.«

Dr. Frassati musterte Ragazzoni von oben bis unten. Ich wäre Ihnen dankbar, wenn Sie davon Abstand nähmen, hier solcherlei Duftnoten zu verbreiten, sagten seine Augen. Entschuldigen Sie bitte, antwortete der Blick des Reporters, worauf der Herausgeber weitersprach:

»Des Weiteren sollen Sie, nachdem Sie Ihre Verslein rezitiert ...«

»Improvisiert.«

»... nachdem Sie Ihren unpassenden und schlüpfrigen Vierzeiler improvisiert hatten, die tadelnden Worte Seiner Eminenz Erzbischof Perrone, der Sie darauf hinwies, dass sich auch Ordensschwestern im Saal befänden, wortwörtlich beantwortet haben, ich zitiere: ›Keine Sorge, Eminenz, ich bin da nicht wählerisch.‹«

»Ja, das war vielleicht nicht ganz ...«

»Das sehe ich auch so.«

Einige Augenblicke drückender Stille folgten, was in Ragazzonis Anwesenheit, wie die geneigte Leserschaft begriffen haben dürfte, sonst eher selten vorkam.

»Schauen Sie, Ragazzoni, Sie sind ein guter Journalist. Sie sind ein ausgezeichneter Journalist. Sie haben keine Angst, zu schreiben, was Sie sehen, Sie sehen hin, wo Sie hinsehen, und hören zu, wo Sie hinhören sollen.«

»Aha. Und deshalb werde ich an einen Ort geschickt, um Dinge zu hören, die ich bereits gehört habe, und Dinge zu sehen, für die man ein Opernglas brauchen dürfte. Unser König ist ja von so kleiner Statur, dass er Gefahr läuft zu wachsen, sobald er in Erregung gerät.«

Ein weiterer Moment der genannten Art trat ein. Der Stille, versteht sich. Dann sagte der Zeitungsherausgeber in einem Ton, der keine Widerrede zuließ:

»Ragazzoni, Sie finden im Sekretariat eine Zugfahrkarte nach Pisa, einfache Fahrt.«

Und wenn Sie wollen, dass ich Ihnen auch eine für die Rückfahrt zukommen lasse, fuhr der Blick des Herausgebers fort, dann machen Sie sich klar, dass Sie soeben ein hervorragendes Beispiel für das gegeben haben, was Sie sich nie wieder erlauben sollten.

»Ich wünsche Ihnen eine gute Reise«, schloss Dr. Frassati, nahm ein Kuvert von dem Stapel mit Korrespondenz und hielt es ihm hin. »Und viel Vergnügen bei *Tosca*.«

»*Tosca?*«

»*Tosca.*«

Tersilio Bentrovati, Intendant des Neuen Theaters in Pisa, setzte ein breites und überzeugtes Lächeln auf, das Lächeln eines Mannes, der weiß, dass er saubere Arbeit geleistet hat und dafür Lob verdient.

Vor ihm stand martialisch, aber nicht steif, Leutnant Pellerey von der Königlichen Wache und schwieg.

»Das ist nicht alles«, fuhr Bentrovati fort, der als guter Bürokrat das Schweigen für Zustimmung nahm, »wir hatten das Glück, eine ausgezeichnete Truppe engagieren zu können, die renommierte Kompanie ›Nomadisches Arkadien‹ von Maestro Cantalamessa. Das bedeutet Namen von allererstem Rang: Maestro Malpassi als Dirigenten und den Tenor Ruggero Balestrieri in der Hauptrolle.«

Leutnant Pellerey musterte den Intendanten aus der ganzen Höhe seiner ein Meter neunzig und mit hochoffizieller Miene. Dann sagte er mit der einzigartigen Formvollendung dessen, der im Piemont geboren ist, in Turin erzogen wurde und jahrelang gedient hat:

»In dem Fall bin ich nicht sicher, für die Anwesenheit Seiner Majestät einstehen zu können.«

»Sie müssen entschuldigen, Herr Leutnant, aber ich verstehe nicht.«

»Mir will scheinen, Herr Intendant, die ausgewählte Komposition eignet sich nicht zur Aufführung in königlicher Anwesenheit.«

»Ich bitte nochmals um Entschuldigung, Herr Leutnant, aber ich kann Ihnen nicht folgen.«

Der Intendant stützte sich mit den Händen auf den Schreibtisch, die Rechte seitlich abgewinkelt.

»Als vor sechs Monaten bekannt wurde, dass Seine Majestät Viktor Emanuel III. den gesamten Sommer auf dem königlichen Gut San Rossore verbringen würde, ersuchten wir beim Ministerium um die Ehre, Seiner Majestät Ankunft in unserer Stadt durch die Aufführung einer Oper feiern zu dürfen. Wir erkundigten uns auf informellem Wege nach den musikalischen Vorlieben Seiner Majestät und erhielten zur Antwort, der Geschmack des Königs sei so weit gespannt, dass wir völlig freie Hand hätten.«

Oder, wie der Offiziersbursche dem Intendanten wörtlich hinterbracht hatte, für Seine Majestät gebe es nur zwei Arten von Musik: Königlicher Marsch und Nicht-Königlicher-Marsch. Ein Umstand, der doch sicherlich auch Leutnant Pellerey bekannt sein musste.

»Wir haben also unser Möglichstes getan, um dem König das Beste an musikalischer Unterhaltung zu bieten, wozu wir in der Lage sind. Wir können uns nicht mit der Scala messen oder mit dem Königlichen Theater in Parma, aber es ist uns doch gelungen, uns die Dienste einer der bedeutendsten Kompanien Europas zu sichern. Zurzeit wird ja allenthalben das neueste Werk des Komponisten inszeniert, der nach Maestro Verdi als erfolgreichster italienischer Musiker gelten darf. Mir erschließt sich nicht, was daran unangebracht sein sollte.«

Wenn es etwas gab, das Leutnant Pellerey nicht ertragen konnte, so waren es Leute, die sich dumm stellten.

Viktor Emanuel III. hatte vor weniger als einem Jahr den

Thron bestiegen, als Nachfolger seines Vaters Umberto I., der mit nur sechsundfünfzig Jahren das Zeitliche gesegnet hatte und eines nicht eben natürlichen Todes gestorben war. Dass sich die Krönung seines Sohnes um eine Kleinigkeit beschleunigt hatte, lag am beherzten Auftreten eines gewissen Gaetano Bresci, eines militanten Anarchisten, der doch tatsächlich so böse gewesen war, den guten König mit einem Pistolenschuss zu töten, als er aus einer Sporthalle in Monza kam. Dort hatte er einer Turnvorführung des Vereins »Forti e Liberi« beigewohnt – der Starken und Freien.

Was allgemein bekannt ist.

So wie allgemein bekannt ist, dass die Heldin in *Tosca* den Vertreter der herrschenden Ordnung umbringt, um anschließend zu erfahren, dass dieser Nichtsnutz befohlen hat, ihren Geliebten vor ihren Augen tatsächlich zu erschießen und nicht nur – wie vereinbart – zum Schein. Es handelt sich also um eine Oper, in der Gute und Böse klar voneinander abgegrenzt sind, und die herrschende Ordnung scheint meistenteils nicht auf der Seite der Guten zu stehen. So war es bei den wenigen bisher erfolgten Aufführungen zu intellektuellen wie auch zu handfesten Auseinandersetzungen gekommen (sprich Prügeleien).

Solange nur der Pöbel aufeinander eindrosch, ging das in Ordnung, aber wenn Seine Majestät zugegen war, sollten derartige Zwischenfälle wohl besser vermieden werden. Und einem König, der sich wider Willen auf dem Thron fand, da sein erhabener Vater von Kugeln durchsiebt worden war, diesem König also zur Begrüßung ausgerechnet *Tosca* vor die Nase zu knallen, garniert mit Beifallsstürmen, Blumen für die Sänger, spontanen Sprechchören oder gar Schlägereien, wäre vielleicht nicht das Feinfühligste und auch nicht das Klügste.

Als wohlerzogener Mann wurde Pellerey nur ungern direkt, weshalb er auch diesmal versuchte, auf Umwegen ans Ziel zu kommen.

»Wenn es sich Ihnen nicht erschließt, gestatten Sie, dass ich es Ihnen erkläre«, begann der Leutnant geduldig. »Wie Sie wissen, obliegt dem Regiment, dem anzugehören ich die Ehre habe, in erster Linie die Aufgabe, Schutz und Unversehrtheit des Königs und der königlichen Familie zu garantieren.«

»Eine Aufgabe, die Sie gewiss in löblicher Weise erfüllen«, bemerkte Bentrovati. Was sich schwerlich abstreiten ließ, der König war ja noch am Leben, und doch wurde bei diesen Worten die Haltung des Leutnants eine Spur steifer.

»Mir geht es nicht darum, Lob zu empfangen, weder zu Lebzeiten noch hinterher.« Auch wenn mir aus ganz persönlicher Sicht und nicht als Leutnant ein Lob zu Lebzeiten weitaus lieber ist. »Mir geht es einzig um die Sicherheit Seiner Majestät. Und zur bestmöglichen Wahrnehmung meiner Pflicht habe ich immer und stets das Schlimmste anzunehmen.«

Etwa wie mein Vorgänger, der diesen Dickschädel von Umberto ja durchaus gebeten hatte, das Kettenhemd unter der Weste zu tragen, wie sonst auch. Nur dass es ein heißer Julinachmittag war und sein Gegenüber nun einmal König, weshalb dem Soldaten irgendwann nur noch blieb, gehorsam zu schweigen und seinen Ärger herunterzuschlucken. Nix Kettenhemd, ab in die Kutsche.

»Nun wissen Sie ja, Herr Intendant«, fuhr der Leutnant etwas gewunden fort, »dass das Volk den geschichtlichen

Hintergrund einer Oper oftmals zum Anlass nimmt, politische Folgerungen zu ziehen. Ich brauche Ihnen sicherlich nicht darzulegen, was für eine Zündschnur es den Aufsässigen in die Hand gäbe, wenn eine Oper wie *Tosca* vor dem König zur Aufführung gebracht würde.«

Der wenigstens dem Folge leistet, was man ihm sagt. Alles Verdienst seines Erziehers, des guten alten Oberst Osio, der eine eindeutige Vorstellung davon hegte, welche Freiheit sein Schutzbefohlener hatte: Der Prinz, sagte er, ist frei zu tun, was ich will. Anders als sein Vater, der um jeden Preis glänzen musste. »So lasst mich, ich bin bei meinem Volk.« Aber klar doch. Drei Attentate in knapp zwanzig Jahren. Da kannst du der beste Herrscher der Welt sein, irgendein Idiot findet sich immer; und wenn du dann noch Belobigungen an Leute verteilst, die in die Menge feuern, könntest du genauso gut einen Wettstreit im Königsschießen ausrufen anstatt im Turnen.

»Sie fürchten also, jemand könnte die Oper, die doch ein Werk der Kunst ist, zu politischen Zwecken missbrauchen ...«

»Reden wir nicht um den heißen Brei herum, Intendant Bentrovati«, fiel ihm der Leutnant ins Wort, der nun genug davon hatte, für dumm verkauft zu werden. »Wir befinden uns in einer gefährlichen Phase. In Mittelitalien streiken die Tagelöhner, und die Regierung schickt Soldaten, um sie bei der Feldarbeit zu ersetzen. Von allen Seiten droht Aufruhr. Meine Aufgabe besteht nicht darin, gegen Untaten einzuschreiten, sondern sie von vornherein zu verhindern. Ich muss also eine Situation erkennen, die dazu angetan sein könnte, Ausschreitungen auszulösen oder zu befördern. Wenn Sie schon anerkennen, dass ich meine Aufgabe in hervorragender Weise erfülle …«– der Leutnant, der mittlerweile stocksteif dastand, schien noch ein Stück gewachsen zu sein –»… dann müssen Sie auch begreifen, dass ich nur meine Pflicht tue, indem ich den König davon abhalte, übermäßige Risiken einzugehen.«

»Und das bedeutet?«

»Was ich Ihnen hier mitgeteilt habe, sind lediglich persönliche Betrachtungen. Sobald ich wieder in San Rossore bin, werde ich meinem Kommandanten, Hauptmann Dalmasso, Bericht erstatten, und dann lassen wir Sie wissen, was aus unserer Sicht erforderlich ist, um die Sicherheit des Königs zu gewährleisten.«

Sonst wird das nichts mit *Tosca*.

EINS

Jeder Dirigent hat eine ganz eigene Art, den Stab zu schwingen.

Theoretisch dient der Taktstock dazu, das Tempo zu markieren und den Orchestermusikern einen Rhythmus vorzugeben, vergleichbar dem Trommeln bei marschierenden Soldaten; in der Tat war früher anstelle des Stabs eine schwere Holzkeule in Gebrauch, womit der Dirigent energisch den Bühnenboden bearbeitete. Leider ergab es sich eines Tages, dass Jean-Baptiste Lully, Musiker am Hofe Ludwigs XIV. bei der Aufführung eines Tedeums, von ihm persönlich komponiert, um Unserem Herrn für die wiedererlangte Gesundheit des Sonnenkönigs zu danken, die Keule mit aller dem Anlass angemessenen Kraft auf die Bühne drosch, es nur leider ein wenig an Präzision mangeln ließ und sich voll auf den Fuß traf.

In der Folge entwickelte sich ein Abszess, und da Lully davon Abstand nahm, den Fuß amputieren zu lassen, vielleicht in der heimlichen Hoffnung, der Höchste könnte ein Mindestmaß an Verantwortung für das Missgeschick übernehmen und Heilung herbeiführen, wurde der vertrauensvolle Lully binnen Wochen zu Grabe getragen. Kurz darauf verbreitete sich unter Dirigenten der Gebrauch des Taktstocks: Er war praktischer, handlicher und vor allem leichter.

Den Stock darf ein Dirigent nun in jeder nur erdenklichen Weise schwingen. Die einen verwenden ihn nur als Taktgeber, andere signalisieren einem Teil des Orchesters den Einsatz oder fordern die Klarinette auf, sich bei ihrem Solo ins Zeug zu legen. Die einen vollführen damit stets die gleiche Geste, bei anderen bekommt man den Eindruck, sie spielten jedes einzelne Instrument selbst; die einen machen sparsame Bewegungen, bei denen Hand und Arm sich kaum regen, die anderen lassen bei jedem Fortissimo befürchten, sie könnten der ersten Geige ein Auge ausstechen; die einen führen den Stock elegant und beherrscht, die anderen sehen aus, als rührten sie eine Mayonnaise an.

Gewiss, einige Bewegungen haben eine allgemein bekannte und unmissverständliche Bedeutung; rasches Senken des Stabs markiert die Eins, ein sanftes Heben markiert einen Auftakt, ein schwungvolles Führen des Stocks von rechts nach links bedeutet »Schließen«, und ein beharrliches Kratzen zwischen Hemdkragen und Hals bedeutet: »Mich juckt's am Rücken, tut mir leid, aber ich hab's einfach nicht mehr ausgehalten.«

Über diese wenigen universal gültigen Anweisungen hinaus lautet die einzige Regel jedoch, dass es keine Regeln gibt.

Was bedeutet, dass jeder Dirigent seinen Taktstock so einsetzt, wie er es persönlich für richtig hält.

»Pardon, wie bitte?«

»Wie bitte was, mein Lieber?«

Anacleto Laganà, seines Zeichens Dritter unter den zweiten Geigen, spürte, wie ihm die Handflächen zu schwitzen begannen.

»Ich bin nicht sicher, ob ich richtig verstanden habe …«

»Ach, deshalb treffen Sie nicht einen Ton«, erwiderte der Dirigent Maestro Renato Maria Malpassi, ohne dass sein sanftes Lächeln auch nur um einen Zahn schmaler geworden wäre. »Professor Laganà ist also nicht nur zerstreut, sondern ganz offensichtlich auch taub. Ich sagte Folgendes, mein lieber Laganà: Wenn Sie diesen Ton beim dritten Akkord noch einmal zu tief intonieren, nehme ich den Taktstock und schiebe ihn Ihnen dorthin, wo nie die Sonne scheint.« Maestro Malpassi zog die Augenbrauen hoch. »Habe ich mich klar genug ausgedrückt?«

Anacleto Laganà nickte schluckend.

Ohne allzu lange beim Adamsapfel seiner zweiten Geige zu verweilen, ließ Maestro Renato Maria Malpassi einen unversehens friedvollen und ruhigen Blick über das Orchester schweifen; den Blick dessen, der weiß, dass er sich in einer privilegierten Position befindet, und dies auch für völlig natürlich hält.

»Nun gut, meine Herren, repetita juvant. B-Moll, A-Dur, E-Dur. In welchem Verhältnis, Professor Barbana, stehen die Töne des ersten und letzten dieser Akkorde?«

»Das ist ein Tritonus.«

Der Lächeln des Maestro schien breiter zu werden, als wäre ihm soeben eingefallen, dass auch die Weisheitszähne ein gottgegebenes Recht hatten, etwas von der Welt zu sehen.

Schade nur, dass, selbst wenn man das gesamte Orchester in den Blick nahm, die Anzahl an lächelnden Zähnen nicht über dreißig hinausging. Was in erster Linie daran lag, dass Maestro Malpassi vor Kurzem die beiden Vormahlzähne gezogen worden waren. In zweiter Linie lag es daran, dass es einen schweren Fauxpas bedeutet hätte zurückzulächeln, wenn M. M. dazu ansetzte, die Grundlagen der Harmonielehre zu vermitteln (aber auch die des Lesens von Partituren und selbst noch die der Aufführungspraxis, kurz, sooft zur Sprache kam, was ein Orchester an Fehlern begehen kann).

»Wundervoll. Sublim.« Weiterhin lächelnd. »Ein Tritonus. Genannt auch?«

»Diabolus in Musica«, antwortete eine Stimme etwa auf Höhe seiner Füße.

»Hervorragend. Hätten Sie auch noch die Güte, mir zu verraten, wie es zu dieser eigenwilligen Bezeichnung kommt?«

Romualdo Barbana drückte auf den Tasten seines Englischhorns herum und fragte sich, ob er hierauf nun wirklich antworten sollte. Nach einer kurzen Pause triumphierte die Hierarchie über den gesunden Menschenverstand, und der gute Barbana befand für angezeigt, entschlossen den Mund zu öffnen.

»Weil es …«

»Weil es sich um eine Dissonanz handelt, meine Herren«, unterbrach ihn Maestro Malpassi mit einem Timing, wie es nur den ganz großen Dirigenten zu eigen ist. »Eine Dissonanz. Ein Intervall also, das unser Ohr als unangenehm wahrnimmt. Wenn nicht vollkommen intoniert wird, geht dieses unerquickliche Gefühl verloren. Eigentlich sollte es nicht allzu schwer sein, so zu spielen, dass es dem Ohr unangenehm klingt. Bisher ist es Ihnen doch auch aufs Vortrefflichste gelungen. Ich bitte Sie nur darum, es dort umzusetzen, wo die Partitur ausdrücklich danach verlangt.«

Maestro Malpassi schlug den Stock gegen den hölzernen Notenständer und hob dann die Hände, beide Daumen an die Zeigefinger geführt.

»Gut, meine Herren, beginnen wir noch mal von vorne. Wie Ihnen in Erinnerung sein dürfte, sind wir bei der Einführung des Scarpia-Themas. Und damit bei der unangenehmsten, schmierigsten und widerwärtigsten Figur, mit der Sie in Ihrer gesamten Karriere zu tun bekommen haben.«

Die Orchestermusiker brauchten nicht einmal Blicke zu wechseln.

Die Aufführung von *Tosca* bedarf aufgrund der außerordentlich genauen Anweisungen, die Puccini in seiner Partitur erteilt, der Mitwirkung von über fünfzig Musikern. Und dabei sind noch nicht einmal die Darsteller selbst berücksichtigt, die bei ihren Auftritten ein breites Arsenal von Instrumenten zum Einsatz bringen, von der Harfe bis zur Kanone.

Mehr als sechzig Teilnehmer also, die im Hinblick auf Alter, Geschlecht, Kompetenz, politische Ideen und Körperhygiene äußerst unterschiedlich ausfielen und sich in den vorangegangenen zwei Probewochen auf einen einzigen Punkt hatten verständigen können: Die unangenehmste, schmierigste und widerwärtigste Figur, mit der sie es in ihrer gesamten Karriere zu tun bekommen hatten, war ohne einen Schatten des Zweifels Maestro Renato Maria Malpassi.

»Maestro Malpassi ...«

Der Maestro hielt inne, den Taktstock mitten in der Bewegung erstarrt, in der typischen Pose des Dirigenten, der empfindlich gestört wird. So verharrte er einen Moment lang, ehe er sich zu dem Eindringling umdrehte.

»Also ... Ach, mein verehrter Herr Intendant. Kommen Sie, kommen Sie nur. Welch glücklicher Wind?«

»Sie müssen entschuldigen, Maestro, ich hätte nicht gewagt, Sie zu unterbrechen ...«

»Aber woher denn! Sie unterbrechen nicht, ich bitte Sie. Im Gegenteil, eine kleine Pause wird mir guttun.«

Um ehrlich zu sein, war Maestro Malpassi nicht immer unerträglich. Gegenüber Repräsentanten der herrschenden Ordnung, ob von weltlichem oder geistlichem Rang, gegenüber allen, die etwa in der Position waren, ihm den Laufpass zu geben, zeigte sich Malpassi als das freundlichste und leutseligste Wesen, das man sich nur wünschen konnte.

Tersilio Bentrovati zum Beispiel führte ein paar der wichtigsten toskanischen Opernhäuser, und so rollte nun Malpassi mit aller Beflissenheit vom Podium, die seine Körperfülle erlauben wollte, und fasste den Intendanten freundschaftlich unterm Arm.

»Wie steht's, wie sieht es aus? Können Sie mir sagen, wird Maestro Puccini uns die Ehre erweisen?«

»Leider nein, Maestro. Ich habe soeben einen Brief erhalten. Maestro Puccini entschuldigt sich vielmals, doch länger feststehende Verpflichtungen gegenüber den Herren Tito und Giulio Ricordi machen es ihm unmöglich, sich aus Mailand zu entfernen.«

Was aus der Warte Bentrovatis ein nicht geringes Ärgernis darstellte. Auf den Reklamezettel schreiben zu können: »In Anwesenheit des Autors«, und zwar in Lettern, die noch aus zehn Meter Entfernung zu lesen waren, hätte vorausgesetzt, dass der Komponist des Werks, in diesem Falle Puccini, auch wirklich bei den Proben zugegen gewesen wäre. Wenn seine Anwesenheit dann auch noch in der richtigen Weise auf dem Spielplan herausgestellt worden wäre, hätte das die Qualität der Aufführung verbürgt und ihm, Bentrovati, ohne Weiteres erlaubt, den Eintrittspreis um eine halbe Lira nach oben zu setzen.

Maestro Malpassi schien die Sache sportlicher zu nehmen.

»Wie bedauerlich. Die Begegnung mit derart neuer Musik hätte für ihn wohl eine beachtliche Inspiration dargestellt.«

»Wieso neue Musik, Maestro?«

»Nun, ich hege erhebliche Zweifel, dass es Maestro Puccini gelungen wäre, in der Aufführung dieser Stümper seine Melodien wiederzuerkennen. Wahrscheinlich hätte er das alles für einen Scherz gehalten.«

Der Intendant starrte Malpassi an.

»Ist es tatsächlich so weit? Lässt sich das wirklich nicht vermeiden?«

»Ich fürchte, nein«, erwiderte Malpassi in sachlichem Ton.

»Dann lassen Sie mal hören. Welche und wie viele?«

»Vom Orchester zwei erste Geigen, zwei zweite Geigen, die Posaune, das Kontrafagott. Die Namen sind mir gerade nicht geläufig, ich schreibe sie Ihnen heute Abend.«

Der Intendant nickte mit ernster Miene. Sechs Orchestermusiker zu ersetzen, und das eine Woche vor der Premiere, war keine Kleinigkeit.

»Von den Sängern ist die Angelotti schlicht eine Pein«, fuhr Malpassi fort. »Und vom Chor schweigen wir lieber gleich ganz. Wollten wir alle Choristen, die nicht singen können, in den Arno werfen, so hätte das wahrscheinlich eine Verstopfung der Mündung zur Folge, und wir fielen einem Hochwasser zum Opfer. Aber halten wir uns damit nicht auf, die Aufführung muss schließlich irgendwie stattfinden, nicht wahr?«

»Ja, selbstverständlich … Was gibt's?«

Strambini, Faktotum am Theater schon aus Vorzeiten des Hauses, stand seit einer guten Minute in diskretem Abstand vom Intendanten und setzte darauf, früher oder später wahrgenommen zu werden.

»Bitte um Entschuldigung, Herr Intendant«, sagte Strambini mit seiner schrillen Stimme, »Herr Hauptmann Dalmasso und Herr Leutnant Pellerey erwarten Sie in Ihrem Büro.«

»Da haben wir's. Entschuldigen Sie mich, Maestro, aber ich muss jetzt …«

»Bitte, bitte. Ich überlasse Sie Ihrer Arbeit und mache mich wieder an die meine – der Gewinnung von Blut aus bitteren Rüben. Ich schreibe Ihnen noch heute Abend.«

»Dann bis dahin.«

»Nein, Herr Hauptmann. Was Sie da von mir verlangen, ist nicht möglich.«

Der Intendant sah Hauptmann Dalmasso an und breitete die Arme aus, die Handflächen nach oben gewendet. Leutnant Pellerey stand neben Hauptmann Dalmasso, ausdrucksstark wie ein Basrelief.

»Möglich?«, gab der Hauptmann zurück. »Es ist nicht nur möglich, sondern auch notwendig. Sie gestatten?«

Hauptmann Ulrico Dalmasso, Kommandant der Königlichen Wache, setzte sich vor den Schreibtisch des Intendanten, den Hosenboden auf der Kante des zweisitzigen Sofas, maximal drei Ångström vom Rand entfernt.

»Darüber, wie unpassend die Wahl dieser Oper ist, wurde bereits gesprochen. In der Zwischenzeit sind weitere Umstände an den Tag getreten, die uns den Schluss nahelegen, dass die Veranstaltung noch gefährlicher sein könnte als befürchtet.«

»Noch gefährlicher? Aber, Herr Hauptmann, es handelt sich um eine Oper von Puccini ...«

»Ganz genau«, fuhr der Hauptmann fort nach einem Seitenblick zum Leutnant, der weiterhin Standbild spielte. »Giacomo Antonio Domenico Michele Secondo Maria Puccini, geboren in Lucca am 22. Dezember 1858. Ebenfalls aus Lucca, genauer, aus Santo Stefano di Moriano, stammt Giovanni Andrea Pieri. Der Name sagt Ihnen nichts?«

»Tja, so aus dem hohlen Bauch ...«

»Giovanni Andrea Pieri organisierte zusammen mit Felice Orsini und Carlo di Rudio ein Attentat gegen Kaiser Napoleon III. und setzte es auch in die Tat um. Das war vor fast fünfzig Jahren in Paris.«

Und was schert das uns?

»Vielleicht interessiert es Sie zu erfahren, dass die Familien Puccini und Pieri durch eine enge persönliche Freundschaft verbunden sind.«

Ach so.

»Und auch mit Giovanni Casella verbindet Puccini eine enge Freundschaft.«

Wer ist das jetzt schon wieder?

»Giovanni Casella diente, nachdem er sich unter dem

Decknamen John James hatte anwerben lassen, im 7. Kavallerie-Regiment unter General Custer. Dem auch der aus Belluno stammende Adelige Carlo di Rudio angehörte, also der dritte Attentäter. Zusammen nahmen sie an der Schlacht am Little Bighorn teil.«

Das ist alles wahr, keine Sorge. Weder der Hauptmann noch der Schreiber hantieren hier mit Lügenmärchen. Am Little Bighorn kämpften etliche Italiener unter General Custers Befehl; neben den bereits genannten der Kampanier Giovanni Martini und der Turiner Felice Vinatieri sowie über ein Dutzend weniger bekannter Namen, die kurioserweise allesamt das Massaker überlebten, Beweis für die Tatsache, dass Italien von Norden bis Süden ein geeintes Land ist, einzigartig begabt in der stets nützlichen Kunst, die eigene Haut zu retten.

»Es ist erwiesen, dass Casella, als er nach Italien zurückgekehrt war, mit dem jungen Puccetti ...«

»Puccini.«

»... eine langwährende Freundschaft einging. Er hinterbrachte ihm Geschichten, Anekdoten und heitere Begebenheiten rund um die damaligen Glanztaten, wobei er vermutlich leichtes Spiel hatte, Pucciottis romantische Seele für sich zu gewinnen.«

»Entschuldigen Sie, aber ich kann Ihnen nicht folgen.«

»Wie Sie wohl wissen, Herr Intendant, wurden für das Attentat auf Napoleon III. Sprengkörper auf Grundlage von Quecksilberfulminat verwendet, besser bekannt unter der Bezeichnung ›Orsini-Bomben‹.«

Und auch dies entspringt bekanntlich der historischen Wirklichkeit. Bei der Orsini-Bombe, dem ungenauesten Projektil, das je in mörderischer Absicht auf einen Herrscher abgefeuert wurde, handelte es sich um einen gusseisernen Sprengkörper, gefüllt mit Kapseln aus Quecksilberfulminat, die beim Aufprall zerbrachen und dadurch die Explosion auslösten. Solche pittoresken Gerätschaften kamen bei diversen Attentaten in der zweiten Hälfte des 19. Jahrhunderts zum Einsatz, von Paris bis Barcelona. Ihr wenig akkurates Ergebnis waren 58 Todesfälle unter den Umstehenden, darunter null gekrönte Häupter. Aus technischer Sicht handelt es sich um eine wunderbare Erfindung; aus historischer Sicht – welcher auch immer – um ein Desaster.

»Ihnen ist wohl auch bekannt«, fuhr der Leutnant hinterhältig fort, »dass sich unter den Klanginstrumenten, die der Komponist von *Tosca* ursprünglich vorgesehen hatte, neben Kanonen auch sogenannte Orsini-Bomben befanden?«

»Woher wissen Sie denn das?«

Hier stelle ich die Fragen, antwortete Hauptmann Dalmassos Blick.

»Wir gehen davon aus, dass nicht nur die Oper offenkundig subversiven Inhalts ist, sondern dass es sich auch beim Komponisten, diesem ...«

»Giacomo Puccini.«

»... um einen gefährlichen politischen Agitator handelt, der mithilfe der Oper die Massen aufzustacheln gedenkt.«

»Aber das ist doch abs...«

»Wussten Sie, dass nicht nur Puccini höchstpersönlich dem Verleger Ricordi das Theaterstück empfohlen hat, worauf dieser die Rechte daran erwarb, sondern dass er sich auch, als sein Verleger schon einen anderen Musiker –

Maestro Franchetti – mit der Komposition der Oper betraut hatte, mit allen Mitteln darum bemüht hat, diese Aufgabe selbst übertragen zu bekommen?«

»Herr Hauptmann, ich glaube, hier liegt ein Missverständnis vor …«

Ja, ja, ein Missverständnis gab es, aber nicht, wie Intendant Bentrovati meinte.

Wenn man Leutnant Pellerey fragte, so bestand das Missverständnis schlichtweg darin, dass man einen Trottel wie Ulrico Dalmasso zum Hauptmann der Königlichen Wache gemacht hatte.

Nach einer kurzen Stille ergriff der Hauptmann wieder das Wort.

»Hier kann überhaupt kein Missverständnis vorliegen, Herr Intendant. Sagen Sie mal, dirigiert Puccini seine Opern in der Regel persönlich?«

»Also … Nein, nicht unbedingt. Im Gegenteil. Das wäre gar nicht machbar.«

»Ganz recht. Und nun noch eine Frage: Welche italienische Stadt gilt als Hochburg der Anarchisten?«

»Tja, also jedenfalls nicht Pisa«, antwortete der Intendant mit einem Lächeln. »Ganz sicher nicht. Das wäre wohl Carrara. Oder?«

»Oh, ja. Und ist Ihnen bekannt, welche Stadt Puccini als einzige unter so vielen möglichen ausgewählt hat, um seine *Tosca* persönlich zu dirigieren?«

Dem Intendanten, dem das allerdings bekannt war, schwand das Lächeln von den Lippen.

»Carrara, letztes Jahr im April«, sagte er, und es klang wie ein Geständnis.

»Carrara, letztes Jahr im April«, wiederholte der Hauptmann befriedigt. »Nun denn, Herr Intendant, wir sind der begründeten Ansicht, dass Puccini unter dem Vorwand, dass seine Oper auf dem Spielplan stand, nach Carrara gereist ist, insgeheim aber die Absicht verfolgte, einen oder mehrere Aufstände oder Anschläge auf die öffentliche Ordnung zu organisieren.«

Eines der unveräußerlichen Vorrechte des Trottels besteht darin, ein x-beliebiges Phänomen mit der Erklärung zu versehen, die für den eigenen Standpunkt am bequemsten und naheliegendsten ist. Dabei weigert er sich hartnäckig zu erwägen, dass es noch hunderttausend andere Erklärungen geben könnte, die allesamt um einiges plausibler sind als die eigene. Es kommt eben stets darauf an, über wie viele Informationen wir verfügen und über welches Bewusstsein davon, dass es noch weitere gibt, über die wir nicht verfügen.

In einer physischen Welt, die bekanntermaßen aus drei Dimensionen besteht, wird ziemlich schnell klar, dass das Foto, auf dem ein Mensch den schiefen Turm von Pisa mit den Händen stützt, lediglich mit der Perspektive spielt. Und nur in der gerahmten Welt der Fotografie, in ihren zwei Dimensionen, können wir uns für einen Augenblick der Illusion hingeben, dass jemand stark genug sein kann, um einen Turm zu halten. Sobald wir uns bewusst machen, dass es drei Dimensionen gibt, begreifen wir, dass das besagte Foto eine Projektion ist, ein optisches Trugbild. Wären wir hingegen in einer zweidimensionalen Welt aufgewachsen, so hätten wir es wesentlich schwerer, uns von dem Standpunkt zu befreien, den der Fotograf uns vorgibt. Wer davon überzeugt ist, sein Wissen reiche zum Verständnis der Dinge völlig aus, tut sich erstaunlich leicht damit, als Trottel aufzutreten.

»Hauptmann Dalmasso«, sagte der Intendant im Tonfall eines Mannes, der seine Überzeugung nicht mehr zu überspielen vermag, dass er es tatsächlich mit einem Trottel zu tun hat, »offen gestanden glaube ich, dass das an der Sache vorbeigeht.«

Leutnant Pellerey gewann bei diesen Worten unmerklich an Ausdruck. Nicht allzu sehr, sagen wir Typ korinthisches Kapitell.

»Maestro Puccini, der von mir aus den politischen Ansichten anhängen mag, die ihm am besten gefallen, ist einer unserer angesehensten und weltweit geschätztesten Komponisten. Wenn er seine Opern nicht persönlich dirigiert, dann eben weil die renommiertesten Orchesterleiter, darunter Arturo Toscanini und Leopoldo Mugnone, sich buchstäblich um das Privileg reißen, sie auf die Bühne bringen zu dürfen. Wenn das also alle Argumente sind, auf die Sie sich stützen, um ein Attentat für plausibel zu halten, dann weiß ich wirklich nicht, wie ich Ihnen folgen soll.«

»Das, Herr Intendant, ist Ihre Angelegenheit. Ich bin kein Theaterdirektor, sondern für die Sicherheit meines Königs zuständig. Jetzt überlasse ich Sie Leutnant Pellerey, den Sie ja bereits kennen, die weiteren Einzelheiten können Sie mit ihm besprechen. Meine Empfehlung, Herr Intendant.«

Nachdem er die Hacken zusammengeschlagen hatte, ein beim Abgang Hauptmann Dalmassos unabdingbarer Klangeffekt, stieß Leutnant Pellerey kurz den Atem aus; ein kaum wahrnehmbarer Laut, doch für jemanden von seiner Erziehung und Herkunft war die Geste das Äquivalent dazu, sich die Finger bis zum Ellbogen in die Nase zu stecken.

Den meisten wäre das entgangen. Doch Intendant Bentrovati gehörte von Natur und aufgrund seiner beruflichen Tätigkeit zu den wenigen.

»Herr Leutnant«, sagte der Intendant umsichtig, »darf ich Ihnen eine Frage stellen?«

»Nur zu, Herr Intendant.«

»Was halten Sie von den Ausführungen Ihres Hauptmanns?«

Es gibt in einer Diskussion nichts Unangenehmeres, als sich mit einem anderen Beteiligten über die Schlüsse einig zu sein, nicht aber über die Gründe.

Leutnant Pellerey war zwar absolut überzeugt davon, dass die für den Abend des 1. Juni vorgeschlagenen Sicherheitsmaßnahmen richtig seien, hatte aber außerordentlich darunter gelitten, strammstehen zu müssen, während sein Hauptmann delirierte. Puccini war der bedeutendste Komponist Italiens und verdiente Respekt, basta. Der König benötigte einen Sicherheitskordon, und die Sicherheit Seiner Majestät verdiente Respekt, basta. Beides war unleugbar wahr, und zugleich standen beide Dinge unverbunden nebeneinander.

»Ich kann verstehen, dass seine Argumente Ihnen gewagt erscheinen«, konzedierte Hauptmann Pellerey.

»Gewagt?« Der Intendant hob die Hände. »Verzeihen Sie, mir ist klar, dass Sie das in Ihrer Position nur so nennen können. Ich aber unterstehe nicht dem Befehl von Hauptmann Dalmasso und kann das alles nur einen Riesenblödsinn nennen. Ich muss Ihnen sagen, dass ich auf

Grundlage dessen, was mir gerade mitgeteilt wurde, nicht die geringste Absicht habe, Ihren Anweisungen Folge zu leisten.«

»Das kann ich nachvollziehen«, sagte der Leutnant bekümmert.

Der Intendant war, wie gesagt, ein Menschenkenner.

»Wäre da noch etwas?«

»Ich muss Sie um Ihre absolute Diskretion bitten«, antwortete nach einer Sekunde Leutnant Pellerey.

Der ebenfalls ein Menschenkenner war.

Der Intendant hörte Leutnant Pellerey schweigend zu, die Hände vor sich auf dem Schreibtisch gefaltet, ohne ein Wort zu sagen. Nicht einmal ein Potzblitz!, Sapperment! oder eine andere der höchst unglaubwürdigen Interjektionen, die sonst die Dialoge in Romanen des frühen 20. Jahrhunderts spicken, für diesen schmucklosen Bericht allerdings auch ziemlich unangebracht gewesen wären. Erst als der Leutnant geendet hatte, nickte Bentrovati bedächtig.

»Verstehe.«

»Sehen Sie, Herr Intendant …«

»Ich bitte Sie, Herr Leutnant.« Bentrovati hob die Hand. »Was Sie mir da mitgeteilt haben, rechtfertigt Ihre Wünsche voll und ganz. Jetzt begreife ich, wenn ich das sagen darf, weshalb Sie dermaßen in Sorge sind. Nun gut. Sie haben meine volle Unterstützung.«

Von der Tür kam ein diskretes Klopfen.

»Schön, Herr Leutnant, ich muss Sie nun wie angekündigt verlassen. Das Weitere können wir morgen besprechen.«

»Meinen aufrichtigen Dank, Herr Intendant.«

»Entschuldigen Sie …«

»Ja, bitte, Herr …«

»Ernesto Ragazzoni, Herr Intendant. Wir haben einen Termin zum Interview mit Ihnen und den Künstlern, Sie wissen Bescheid, ja?«

»Gewiss doch. Wie geht es Ihnen?«

»Bestens. Wenn man davon absieht, dass es, als ich hereinkam, einen kleinen Zusammenstoß gab. Genauer gesagt kam ich herein, der Leutnant ging hinaus.« Ragazzoni wandte für einen Augenblick den Blick (oder, wie man damals sagte, das Auge) dorthin, wo Leutnant Pellerey gerade die Treppe hinunterging und sich sachte die Rippen rieb. »Ist doch ein Leutnant, oder?«

»In der Tat. Leutnant Pellerey von der Königlichen Wache.«

»Tja, ich muss zugeben, so einen würde ich mir auch als Leibwächter nehmen. Der sieht ja aus wie in Mahagoni gehauen.« Ragazzoni rieb sich seinerseits die Schulter. »War keine Absicht, versteht sich, aber ich habe ihm den Ellbogen in die Seite gestoßen. Jetzt tut mir alles weh, er dagegen scheint kaum etwas gemerkt zu haben.«

So wie er nicht gemerkt hat, dass ich gelauscht und alles mitgehört habe.

Dass nämlich Gaetano Bresci tot in seiner Zelle aufgefunden wurde.

Und dass die Umstände seines Todes alles andere als geklärt sind.

ZWEI

Heute ist gewiss ein schöner Tag. Oben am Himmel tut die Sonne ihre Pflicht, stolz und gleichgültig gegenüber den Nöten der Menschen, die Vöglein, verborgen im Laub, zwitschern dem Herrn ihr Dankgebet, weil er sie auf die Welt gebracht und ihnen die Gabe des Fliegens verliehen hat, und der Anarchist Gaetano Bresci ist tot. Der geistesgestörte Verbrecher Bresci oder Bresci, die menschliche Bestie, wie just die Zeitung, die Sie hier lesen, ihn dereinst beschrieb.

Umgebracht hat sich Bresci, geistesgestörter Verbrecher, der er war. Da ihm nicht ausreichend schien, ein paar anderen das Leben genommen zu haben, richtete er seine mörderische Wut gegen sich selbst, und zwar mit solcher Entschlossenheit, dass er es schaffte, sich mit einem Handtuch zu erhängen, einem persönlichen Gegenstand, dessen Besitz ihm verboten war. Dabei gelang es ihm, noch das geringste Geräusch zu vermeiden, trotz der Ketten, mit denen seine Füße gefesselt waren. So still und diskret war Bresci in seiner Raserei, dass nicht einmal der Kerkermeister, der ihn im Blick behalten sollte, etwas mitbekam.

Doch Bresci, die menschliche Bestie, muss seit geraumer Zeit tot gewesen sein, wenn ihn der Arzt, der die Leichenbeschau vornahm, in einem Zustand der Verwesung vorfand, um einiges zu weit fortgeschritten für einen Mann, der vor erst achtundvierzig Stunden verstorben sein soll.

Und wir vertrauen dieser Rekonstruktion der Ereignisse, die im selben Maße menschliches Geschick und göttliches Wirken erkennen lassen, beides muss notwendigerweise im Spiel gewesen sein und Bresci, die menschliche Bestie, in ihrem Vorhaben begünstigt haben; was uns nur angemessen erscheint, war doch die göttliche Güte zweifellos betrübt, als unser geliebter und guter König Umberto ermordet wurde, ein Herrscher, so überaus »wohlwollend, mild und seinem Volke zugetan«, wie es auf diesen Seiten einmal treffend hieß. Selbst als Katholiken, die detailreiche Theorien zu Heiligen und Seligen gewöhnt sind, glauben wir doch weit lieber an die Macht des gütigen Gottes als an jene des heiligen Antonius.

Hauptmann Dalmasso ließ die Zeitung sinken und warf einen Blick auf Leutnant Pellerey.

Während Leutnant Pellerey seinen Blick dort beließ, wo er war.

»Kennen wir diesen Kerl?«

»Nein, Herr Hauptmann. Ich habe heute Morgen sogleich an die Zeitung telegrafiert und den Verleger Frassati um Auskunft ersucht. Seine Antwort ist gerade eingetroffen.«

Der Leutnant führte die Hand zur Westentasche, löste den Knopf und zückte ein Portefeuille, das mit einem Karabinerhaken am Knopfloch befestigt war.

Mit zwei angespannten Fingern reichte er das Schreiben Hauptmann Dalmasso, der es aufschlug und laut vorzutragen begann:

»Zeitungsartikel nicht firmiert zum Schutz des Verfassers. Stopp. Falls Ungenauigkeiten enthalten bitte um Hinweis. Stopp.« Hauptmann Dalmasso faltete das Telegramm wieder zusammen. »Wir haben uns da ja nichts erhofft, aber einen Versuch war es wert. Von Ungenauigkeiten kann allerdings keine Rede sein. Ich habe vielmehr den Eindruck, dass dieser Schreiberling über ein Füllhorn an richtigen Informationen verfügt. Die Anspielung auf den heiligen Antonius spricht Bände.«

Leutnant Pellerey regte sich nicht, vermittelte aber doch den Eindruck, zustimmend genickt zu haben.

Denjenigen, die nicht das Vergnügen hatten, zu Anfang des 20. Jahrhunderts im Gefängnis gesessen zu haben, vermutlich also der überwiegenden Mehrheit unter den Anwesenden, ist vielleicht zu erläutern, dass man damals unter einem »heiligen Antonius« einen reizenden Willkommensbrauch verstand, mit dem Gefängniswärter im ganzen Reich besonders namhafte Häftlinge empfingen. Das Ganze spielte sich in zwei Phasen ab: Zunächst wurde dem Häftling ein Sack übergezogen (Phase eins), und dann bekam er eine übergezogen, und zwar mehrfach (Phase zwei). Erst wenn die Schmerzen schier unerträglich wurden, ließen die Gefängniswärter ihre Stöcke sinken, damit ihre geplagten Hände und Arme ein wenig ruhen konnten. Nicht selten allerdings versagte der Häftling bei der Aufgabe, dies als Begrüßungsscherz zu begreifen, und gab, anstatt zu lachen, den Löffel ab.

»Gewiss, Leutnant Pellerey, begreifen Sie Ihre Leichtfertigkeit selbst.«

Aber im Zweifel geht man doch lieber auf Nummer sicher. Auch wenn es sich um eine Eliteeinheit handelt, sind es doch immer noch einfache Carabinieri.

»Nachdem Ihnen misslungen war«, begann der Hauptmann, den Blick auf den Schreibtisch gesenkt, »Intendant

Bentrovati zu überzeugen, uns die erforderliche Unterstützung zukommen zu lassen, ist Ihnen nichts Besseres eingefallen, als vertrauliche Informationen an ihn weiterzugeben, um unsere Absicht doch noch zu erreichen.«

Während Leutnant Pellerey weiter an seiner höchst gekonnten Darstellung eines Basreliefs festhielt, sah Hauptmann Dalmasso wieder auf.

»Und zu welchem Zeitpunkt hielten Sie es für angebracht, ihm die vertrauliche Mitteilung zu machen? Unmittelbar vor einem Termin Bentrovatis mit einem Journalisten, über die er Sie im Laufe der Unterredung in Kenntnis gesetzt hatte. Wäre es so schwer gewesen vorauszusehen, dass der Intendant gegenüber dem Journalisten darauf eingehen würde?«

Der Intendant hat mir zugesichert, keiner Menschenseele etwas davon zu sagen, Herr Hauptmann. Und er wirkte auf mich aufrichtig, Herr Hauptmann. Mehr noch, ich bin sicher, dass der Intendant aufrichtig war, Herr Hauptmann. Ich weiß Menschen einzuschätzen, Herr Hauptmann. Es ist mir unerklärlich, wie mir ein derartiger Lapsus unterlaufen sein kann, Herr Hauptmann. All das natürlich nur im Stillen für sich. Leutnant Pellerey steckte schon tief genug in den Exkrementen, als dass er auch noch geredet hätte, ohne gefragt worden zu sein. Denn Hauptmann Dalmassos Frage war, wie der Leutnant wusste, rein rhetorischer Natur.

»War das so schwer vorauszusehen, Leutnant Pellerey?«

»Nein, Herr Hauptmann.«

»Aber der Intendant hat Ihnen zugesichert, dass er unsere Vorgaben bezüglich der Sicherheit Seiner Hoheit erfüllen wird?«

»Ja, Herr Hauptmann.«

»Gut. Nach einer derartigen öffentlichen Bekanntmachung werden wir das auch brauchen.«

Leutnant Pellerey holte tief Luft. Das hatte er sich um einiges schlimmer vorgestellt.

Gianfilippo Pellerey war erst seit zwei Monaten bei der Königlichen Wache. Eine kurze Zeit, um sich so richtig an seinen neuen Status als Elitesoldat zu gewöhnen, und eine sehr kurze, um klar absehen zu können, wie Hauptmann Dalmassos Reaktionen ausfielen.

Nach ein paar Wochen hatte er sich dafür ein persönliches Modell zurechtgelegt. Überleg dir, was du selbst machen würdest, sagte sich der Leutnant: Der Hauptmann tut schlicht und ergreifend das Gegenteil.

»Ja, ja, einzig und allein, wenn es benötigt wird«, sagte der Mann mit den Schifferkoteletten. »Nehmen Sie mir's nicht krumm, Herr Journalist, aber ich hätte nie gedacht, dass ich das Blatt mal zu was anderem gebrauchen könnte als zum Hinternputzen.«

»Also bitte, Charon, jetzt übertreib mal nicht«, wies ihn der Tenor Ruggero Balestrieri zurecht.

Alle Menschen sind gleich, der eine mehr, der andere weniger. Im Caffè dell'Ussero ist der eine allerdings schwer vom anderen zu unterscheiden: Bei dem Zigarettenrauch und den Alkoholdämpfen kann man sich nur einer einzigen Tatsache sicher sein, nämlich dass man sich unter Männern befindet. Zum einen, weil Frauen nicht ins Caffè dell'Ussero gehen, zum anderen, weil trotz dieser äußeren und innerlichen Dünste gut erkennbar ist, dass nicht ein Gast hier keine Haare im Gesicht hat.

Wer sich kurz anstrengen wollte, würde jedoch, entsprechendes Interesse vorausgesetzt, ein Tischchen finden, an dem besagter Gesichtsschmuck zumindest inhomogen ausfällt. Da wären zum Beispiel der charakteristische Schnauzer und der gepflegte Spitzbart eines Opernsängers, der einen Maler darstellt. Und auf den umliegenden Stühlen lassen sich noch ganz andere Haarkonstellationen ausmachen. Etwa ein Tartarenschnurrbart, dichte Schifferkoteletten, die typischen Borsten dessen, der seinen Bart aus Nachlässigkeit trägt und nicht etwa weil er es so schön findet, und zum Abschluss ein prächtiger schwarzer Vollbart, dessen Eigentümer dann und wann nach einer Strähne greift, sie zwischen den Fingern hin- und herzwirbelt und sich schließlich ein Ende in den Mund steckt, um daran zu schmecken wie an einer teuren Zigarre. Falls der werte Leser aufgrund dieser Beschreibung annimmt, dass es sich beim Eigentümer des schwarzen Barts um Ragazzoni handelt, so liegt er ganz richtig; und wenn er aus dessen Verhalten schließt, dass er ordentlich Wein geladen hat, dann auch.

»Ich übertreibe? Und was ist mit denen?« Der Träger der Schifferkoteletten hielt mit spitzen Fingern die Zeitung hoch, als handelte es sich um etwas außerordentlich Ekelhaftes. »Wer nennt denn hier den Mörserkönig ›wohlwollend, mild und seinem Volke zugetan‹?«

Der Mann hieb mit dem Zeigefinger auf die Seite und durchstach sie mit einem vernehmlichen Knall. Im Übrigen steckte der Finger, der so dick war wie das Handgelenk eines gewöhnlichen Christenmenschen und praktisch gelenklos und steif von Marmorstaub, am Körper von Bartolo Amidci, genannt Charon, seines Zeichens Steinmetz aus

Carrara. Eine Angabe, nach der wohl jede weitere Beschreibung überflüssig ist.

»Was für ein Glück, dass er seinem Volke so zugetan war. Da hat er also bloß auf Demonstranten schießen lassen. Stell dir vor, die Meute geht ihm so richtig auf den Sack. Würde er dann die Kinder aus der Primärschule umlegen, oder was?«

»Das heißt Primarschule, du Tölpel«, korrigierte ihn der Tenor Ruggero Balestrieri geduldig.

»Na und, war doch eh keiner dort«, gab Charon zurück. »Außer dir natürlich. Und der Herr Journalist, bei dem sieht man gleich, dass er ein Studierter ist.«

»Echt wahr«, bestätigte ein anderer Steinmetz. »Und er macht ja auch was draus. Wirklich tadellos, der Artikel, Herr Ragazzoni. Aber warum schreibt einer, der so viel wie Sie im Kopf hat, für so ein mieses Monarchistenblatt?«

»Herrje, ich arbeite halt für den, der mich bezahlt«, antwortete Ragazzoni mit routiniertem Bedauern. »Gerade wie Sie, Herr Castriota.«

»Tarallo. Mich nennen alle Tarallo«, erklärte der zweite Steinmetz, der aus einem Marmor von nur wenig geringerer Qualität gehauen schien als Charon. »Herr Castriota sagen sie bloß, wenn sie mich in den Knast werfen wollen. Sonst gibt's hier keine Herren.«

»Bis auf Ruggero«, schaltete sich ein dritter Steinmetz ein, der, wenn Ragazzoni das richtig verstanden hatte, den Spitznamen Barabbas trug.

»Und Herrn Ragazzoni«, versetzte der Tenor Ruggero Balestrieri großmütig.

»Herr Ragazzoni, stimmt«, bestätigte Barabbas, der in Wirklichkeit nicht sicher war, ob er einen, der in dieser

Montur ins Café ging, in zerknitterten Hosen und Pantoffeln, noch über dem Pöbel einstufen konnte.

»Also, Jungs, jetzt lasst Herrn Ragazzoni mal in Frieden, sonst wird das nie was mit diesem Interview. Oder?«

Ja, so ungefähr. Wenn wir's nämlich genau nehmen, dann wäre Ragazzoni nicht im Traum eingefallen, Balestrieri um ein Interview zu bitten, er hatte sich einfach als Reporter von *La Stampa* vorgestellt. Ruggero Balestrieri jedoch war Operntenor. In seiner Welt kam ein Journalist nur für eines infrage – für Interviewfragen. Und zwar an den Tenor Ruggero Balestrieri, an wen sonst?

Daher fand sich Ragazzoni in dieser unwahrscheinlichen Gesellschaft wieder, zwischen einem Tenor und vier Steinmetzen, die zu seiner freudigen Überraschung nur eines verband, jedoch etwas sehr, sehr Wichtiges. Nämlich die Anarchie.

»Da haben Sie völlig recht«, passte sich Ragazzoni den Gegebenheiten an. »Also, wenn's genehm ist, würde ich gern wissen, warum nur sechs Tage vor der Aufführung einer der Hauptdarsteller ausgetauscht wurde – der Bass Menegazzo, der den Angelotti singen sollte.«

Der Tenor Balestrieri schob die Frage mit einem Schulterzucken als wenig bedeutsame Lappalie beiseite, wie ein wahrer Bühnenkünstler das eben tut, wenn nicht von ihm die Rede ist.

»Aus Gründen, die wenig mit Musik zu tun haben, mein Lieber. Michele Menegazzo ist ein ausgezeichneter Bass – Sie können sich ja auch denken, dass ich wenig geneigt wäre, die Bühne mit Musikern von zweifelhaftem Können zu teilen. Nein, Menegazzo ist schlicht und ergreifend Sozialist. Genau wie die Sozialisten oder Anarchisten unter den Orchestermusikern, die unser lieber Maestro Renato, vor allem aber Maria Malpassi für gut befunden hat abzulehnen.«

»Aha«, bemerkte der Steinmetz, den die anderen Tamburin nannten.

»Und das wäre dann auch der Grund, aus dem der vorgeschlagene Ersatzmann, der Bariton Parenti, nicht angenommen wurde?«

»Nein, bei Parenti lag das am Rest der Kompanie. Ich habe versucht, die anderen auf Linie zu bringen, aber wie Tamburin hier immer sagt: Mit Holzköpfen lässt sich nicht räsonnieren, da kann man bloß draufhauen.«

»Na, ganz unrecht haben die Leute doch nicht«, bemerkte Ragazzoni in alkoholisiertem, aber neutralem Ton. »Teseo Parenti hat seit Jahren nicht mehr gesungen.«

»Das stimmt, allerdings aus Gründen, die nichts mit der Musik zu tun haben. Das würde jetzt aber zu weit führen.«

»Ist das nicht dieser Unglücksbringer?«, fragte Tarallo wie einer, der weiß, wovon er spricht.

»Doch, genau«, bemerkte der Tenor Ruggero Balestrieri mit einem bitteren Lächeln. »Ein Leben lang kämpft man gegen den Aberglauben von Pfaffen und anderen Halunken an, und das ist das Ergebnis. Zum Glück gibt es noch euch, die Bannerträger des Fortschritts. Saubere Zustände.«

»Dann war es also nicht Malpassi, der Teseo Parenti abgelehnt hat«, hakte Ragazzoni nach.

»Nein, diesmal nicht. Obwohl er dazu durchaus imstande wäre. Maestro Malpassi wirft gern mal das halbe Orchester raus. Ich glaube, er hat in Europa so gut wie jeden abgelehnt, der schon einmal einen Bogen in der Hand hatte. Sie müssen wissen: Maestro Renato, vor allem aber Maria Malpassi ist ein etwas launischer Mensch. Das weiß mehr oder weniger jeder auf dem Theater. Der Einzige, dem er nie den Laufpass geben würde, ist der Waffenmeister.«

»Der Waffenmeister?«

»Pierluigi Corradini. Vielleicht haben Sie ihn schon im Theater herumlaufen sehen. Ein großer, distinguierter Herr mit eleganten Bewegungen und ebensolcher Kleidung.«

»Wieso, ist das auch so ein warmer Bruder?«, übersetzte Charon.

»Da gibt es schon Verdachtsmomente«, antwortete Tenor Ruggero Balestrieri vage. »Sagen wir's einmal so, er und der Intendant sind ein bisschen wie Euryalos und Nisos. Arbeiten seit Urzeiten zusammen. Er bringt den Darstellern das Fechten bei, das Schießen mit der Muskete, solche Sachen eben. Wir alle sind gewissermaßen seine Schüler. Auch ich habe von ihm gelernt, wie man ficht und eine Muskete abfeuert. Weiß eigentlich jemand, wie spät es ist?«

Tarallo sah auf seine Taschenuhr:

»Ja, fast elf.«

»Na so was. Ganz schön spät.«

»Ja, langsam wird's Zeit, dass wir hier Schluss machen«, sagte Charon. »Wir wollten doch noch ins Bordell. Kommst du mit, Ruggero?«

»Leider nein, meine Freunde. Heute Abend habe ich im Theater zu tun.«

»So, so, er hat im Theater zu tun. Ich glaube, der Waffenmeister hat dir nicht bloß beigebracht, wie man mit dem Karabiner schießt, sondern auch wie man Karabinerhaken aufmacht.«

»Da zerbrecht euch mal nicht den Schädel, ich halte mich immer noch an die gute alte Muschi«, versicherte Balestrieri. »Apropos, ich muss jetzt mal gehen, ja? Damen lässt man nicht warten. Und benehmt euch gefälligst.«

»Geht das hier auf dich?«

»Wie immer.«

»Ihr scheint gut mit Balestrieri befreundet zu sein.«

»Sind wir«, bestätigte Charon. »Wir sind zusammen aufgewachsen, unsere Eltern waren befreundet. Aber seine Stimme klang schon als Kleiner, als käme sie ganz woandersher.«

»Das ist wahr«, pflichtete Barabbas ihm bei. »Wissen Sie, wie unser Ruggero zum Singen gekommen ist? Sein Vater hat ihn als Ausrufer benutzt. Wenn irgendwas zu melden war von einem Schachtende zum anderen, hat er immer gesagt: ›Junge, gib Bescheid.‹ Und dann hat Ruggero losgebrüllt wie ein Wolf, der sich die Eier im Fangeisen verhakt hat. Das konnte man bis drüben ans Meer hören. Später ist er dann Tenor geworden und herumgekommen in der Welt. Und wir hier sind in Carrara geblieben zum Marmorhauen.«

»Mhm. Eine Frage: Wieso seid ihr überhaupt in Pisa?«

Tarallo setzte ein dünnes Lächeln auf:

»Auch wir gehen halt hin, wo man uns bezahlt«, sagte er. »Diesmal bezahlen sie uns dafür, dass der König nichts sieht, was ihn stören könnte. Wir haben den Auftrag, das Baptisterium zu korrigieren.«

»Zu korrigieren?«

»O ja. Waren Sie schon mal auf der Piazza dei Miracoli, Herr Ragazzoni?«

»Natürlich.«

»Dann kennen Sie den Kreis von Heiligen rund ums Baptisterium?«

»Die habe ich gesehen, klar. Garibaldi eingeschlossen. Ich habe mich ja gefragt, ob ich mir das bloß einbilde, aber jetzt ...«

»Sie haben gute Augen.«

»Nicht wahr?«

»Doch, ja. Gut, aber nicht perfekt. Sonst hätten Sie auch Mazzini gesehen.«

»Mazzini ist auch da?«

»Sicher. Der Fünfte von rechts, vom Eingang aus gezählt. Das war mein Onkel, wissen Sie?«

»Wirklich?«

»Durchaus.«

An dieser Stelle ist darauf hinzuweisen, dass die fünf, die da noch am Tischchen sitzen, zwar betrunken sind, aber nicht so sehr, dass sie in romanischen Basreliefs Figuren der italienischen Unabhängigkeitsbewegung sehen würden. Die fraglichen Basreliefs gab es tatsächlich: ein fröhliches Sakrileg, begangen im Zuge der Restaurierung von 1883, durch die das altgediente, aber prestigereiche Becken zur Auslöschung der Erbsünde saniert worden war. Falls es jemand unbedingt wissen will, es gibt sie noch immer. Die Kapitelle, versteht sich.

»Mein Onkel hat für Francesco Storni gearbeitet und die gesamte Restaurierung von 1880 mitgemacht. Und da haben sie sich halt diese kleine bildhauerische Freiheit genommen, um es mal so zu nennen. Hat sich nic einer dran gestört.«

»Bis heute.«

»Genau. Als Seine Niedrigkeit ihren Besuch in Pisa ankündigte, hat sich anscheinend die Bauaufsicht erschreckt,
weil der Anblick könnte ja den König beleidigen. Und da
haben sie uns beauftragt, die zwei Figuren zu ersetzen.
Tamburin und ich machen gerade einen heiligen Vitale
und Barabbas und Charon einen heiligen Gaspare.«

Irgendwas muss man ja tun, um sich die Brötchen zu
verdienen, sagten die Gesichter der anderen Steinmetze.
Glücklicherweise wechselte Charon mit weltmännischem
Savoir-faire das Thema:

»Also gut, Herr Ragazzoni, Sie haben die Wahl. Was ist
Ihnen lieber, Muschi oder Katzenwels?«

»Wie meinen Sie das?«

»Na, um die Zeit haben wir immer zwei Möglichkeiten.
Entweder gehen wir in die Via delle Belle Donne oder zum
Angeln in den San-Rossore-Park. Aber das Bordell ist heute
nichts, die hatten gerade den Zweiwochenwechsel, ich
glaube, da wartet man ewig.«

»Angelt ihr wild?«

»Nein, nein, wir haben schon 'ne Erlaubnis. Da, schauen
Sie.« Charon zeigte Ragazzoni zwei Hände, so groß wie
Brustpanzer. »Die hier ist für Jungaale und die hier für die
ausgewachsenen.«

»Ist das denn nicht gefährlich?«

»Wenn Sie wegen der Soldaten meinen, keine Sorge.
Wie gesagt, heute Abend ist im Bordell Hochbetrieb. Da
sind die bestimmt alle dort.«

»Na, dann ist für mich die Sache klar. Angeln ist mir
sowieso lieber.«

Auch weil ich bei allem, was ich intus habe, wahrscheinlich eher einen Fisch hochbekomme als irgendwas ande-

res. Ragazzoni stemmte sich mit Enthusiasmus und einer gewissen Mühe vom Stuhl und schob diesen umständlich unter den Tisch.

»Na gut, ich wäre so weit. Was ist?«

»Ich habe zwar nicht so viel studiert wie Sie, aber dürfte ich Ihnen einen Rat geben?«

»Gewiss doch.«

»Fein. Wenn ich Sie wäre, würde ich mir zum Angeln was anderes anziehen als Pantoffeln.«

DREI

» *Entschließ dich!*«, forderte Scarpia mit schmieriger, aber fester Stimme.

Und Intendant Bentrovati warf einen Blick in die Runde und kam zu dem Entschluss, besser aufzustehen und sich etwas umzusehen, bis der zweite Akt vorüber war. Schließlich würde jetzt für eine gute halbe Stunde nichts Rechtes mehr zu hören sein.

Natürlich war Puccini ein ganz Großer. Aber diese Oper, die Arien ausgenommen, konnte einem wirklich den Nerv rauben. Eine unzeitgemäße Handlung, melodische Phrasen, die man zumindest experimentell nennen konnte. Und dann noch eine Kanone auf der Bühne, was sonst. Die Oper war wie alle anderen Puccini-Opern auch: einige wunderbare Arien und Duette inmitten eines Notenbreis, der nur dazu diente, das Publikum so weit zu langweilen, dass es das Pathos der Romanze noch mehr zu schätzen wusste.

Nicht, dass es Grund zur Klage gegeben hätte, woher denn. Bisher war alles hervorragend gegangen. Blendende Atmosphäre, tadellose Ausführung und vor allem ein bis auf den letzten Platz besetztes Haus.

Als er ins hell erleuchtete Foyer hinaustrat, nahm der Intendant die Zeitung aus der Tasche und las ein weiteres Mal, diesmal genießerisch, den Artikel von den Gesellschaftsseiten. Nicht wie bei der ersten Lektüre am Morgen unter allerlei Zweifeln und Bedenken.

Diejenigen sind zu bedauern, die heute Abend nicht zugegen sein können, wenn die Stadt Pisa Seiner Königlichen Hoheit Viktor Emanuel III. im Neuen Theater ihr offizielles Willkommen entbietet. Dort wird Tosca gegeben, die neueste Oper Maestro Giacomo Puccinis; der teilt mit unserem innig geliebten Herrscher bekanntlich die Leidenschaft für diesen Küstenstrich, der die Provinzen Pisa und Lucca verbindet, was ja den meisten als hoffnungsloses Unterfangen gilt.
Der König wird also da sein, dazu die höchsten Würdenträger der Stadt, an der Spitze Bürgermeister Giuseppe Gambini und neben ihm der berühmte Arzt Giovan Battista Queirolo, seines Zeichens Gemeinderat und Autor eines derart berührenden und tiefschürfenden Nachrufs auf den verblichenen Umberto, dass sich die Kunde davon über ganz Italien verbreitet hat.

Und in der Tat, der König war gekommen. Er hatte den Königlichen Marsch vermutlich im Stehen gehört, um es sich anschließend auf seinem Ehrenplatz bequem zu machen, und nun saß er unbewegt und mit leerer Miene in der königlichen Loge: Der beste Sitz des Theaters gebührte dem gelangweiltesten Besucher.

Nicht anwesend sein kann entgegen allen Erwartungen Maestro Puccini, der sich jedoch nicht hat nehmen lassen, dem Herrscher und dem Städtchen in zwei ausdrucksvollen Telegrammen die Ehre zu erweisen.

Dennoch war das Theater voll. Und das bei recht gesalzenen Preisen. Hatte der Intendant dank Puccini eine halbe Lira auf den Kartenpreis aufschlagen dürfen, so hatte die Anwesenheit Seiner Majestät ihn ermutigt, gleich um anderthalb Lire hochzugehen. Manche Leute waren so übersättigt, dass sie der Gegenwart des Königs mehr Bedeutung beimaßen als jener Puccinis, und anscheinend waren es dieselben, die dieses Geld auch übrig hatten.

Zur Freude aller Musikliebhaber ist hingegen Maestro Renato Maria Malpassi mit von der Partie, trotz des unglücklichen Zwischenfalls von vor drei Tagen, als er beim Verlassen des Theaters nach der Generalprobe von einigen maskierten Halunken angegriffen wurde, die ihn unter irgendeinem Vorwand ansprachen, um ihm sodann einen Sack über den Kopf zu ziehen und auf ihn einzudreschen. Offenbar forderten sie ihn dabei auf, von der Leitung der Opernaufführung abzusehen.

Wodurch um ein Haar die Premiere geplatzt wäre. Tatsächlich war Maestro Malpassi drei Abende zuvor von vier Gestalten aufgehalten worden, die sich die Mützen tief ins Gesicht geschoben hatten und ihn wissen ließen, sein Vorgehen als Dirigent und bei der Besetzung des Orchesters missfalle ihnen außerordentlich; um sicherzugehen, dass sie seine gesamte Aufmerksamkeit genossen, hatten die vier ihn vor ihren Einlassungen gefesselt und ihm durch Knüppelhiebe den Muskel-Skelett-Apparat neu sortiert. Malpassi zufolge sprachen die Angreifer mit einem starken carraresischen Akzent; dem Arzt zufolge verfügten sie über starke Stöcke aus Eichenholz. Beides Umstände, die durchaus noch schwerere Folgen hätten nach sich ziehen können.

So mancher sieht in dieser bedauerlichen Begebenheit einen Versuch, Unruhe zu stiften. Umso mehr begrüßen wir die Entscheidung Maestro Malpassis, heute Abend vor sein Orchester zu treten: Sein Können wird dem Publikum eine musikalische Lehrstunde bescheren, seine Anwesenheit aber eine Lektion in bürgerlicher Courage.

Intendant Bentrovati schüttelte den Kopf, als er das las. Der Schreiberling sah aus wie von der Straße aufgesammelt, aber sein Handwerk verstand er. Sowohl beim Formulieren als auch was seine Wahrnehmung betraf, wie der Intendant zwei Stunden zuvor persönlich erfahren hatte.

»Ich wollte Ihnen für Ihren Artikel danken, mein werter Herr Ragazzoni.«

Ragazzoni, der gemütlich in der für ihn neben der Bühne reservierten Loge lümmelte, erhob sich. Seine Kleidung war die übliche, einschließlich der Pantoffeln an den Füßen; aber da ihn der Intendant ausdrücklich gebeten hatte, für den Premierenabend zumindest eine Krawatte anzulegen, hatte ihm der Journalist den Gefallen getan: An seinem Hals prangte ein auffälliges schneeweißes Exemplar, das freilich nicht sonderlich zu seiner Eleganz beitrug, sei es, weil die weiße Krawatte eigentlich mit Frack zu tragen gewesen wäre oder weil das Kleidungsstück ganz offenkundig aus Papier bestand.

»Ach, gut«, sagte er und schüttelte dem Intendanten die Hand. »Freut mich, dass er Ihnen gefallen hat.«

»Ja, sehr. Ich muss zugeben, dass ich nicht zu den regelmäßigen Lesern der *Stampa* zähle, aber das hat jetzt einen positiven Eindruck auf mich gemacht. Wie es scheint, wird den Journalisten dort einige Unabhängigkeit gelassen.«

»Oh, ja. Wir sind in der Tat ziemlich frei. Ein Privileg, das heutzutage nur wenige genießen, finden Sie nicht auch?«

»Wie meinen Sie das?«

»Sekkiert es Sie nicht, Herr Intendant, dass Sie sich den Forderungen Leutnant Pellereys beugen mussten?«

»Sie müssen entschuldigen, Ragazzoni, aber ich weiß wirklich nicht, wovon Sie reden.«

Ragazzoni ließ seinen Blick über die Zuschauerplätze schweifen und fragte dann mit zerstreuter Miene, das Gesicht noch immer dem Publikum zugewandt:

»Wenn ich Ihnen sagte, Herr Intendant, dass es für jede Wildblume, die in der Wüste erblüht, einen Schafbock gibt, der zur selben Zeit einen fahren lässt und ihren delikaten Duft überdeckt, was würden Sie mir antworten?«

Der Intendant starrte den Journalisten mit zwei Augen an, in denen mehr Weiß als Braun zu sehen war. Ragazzoni wirkte nicht nur merkwürdig nüchtern, sondern auch merkwürdig ernst.

»Verzeihen Sie, Ragazzoni, aber was Sie da sagen, ergibt keinen Sinn.«

»Einverstanden. Gewisse Zufälle kommen in der Natur nicht vor.«

»Entschuldigen Sie meine Direktheit, aber könnten Sie mir wohl erklären, von welchen vermaledeiten Zufällen Sie da reden?«

»Na, das ist schnell getan. Sehen Sie den Herrn auf Platz vier in der dritten Reihe?«

»Den mit den Schifferkoteletten?«

»Genau«, nickte Ragazzoni. »Das ist ein Freund von mir, Bartolo Amidei, Spitzname Charon. Er kommt aus Carrara und ist Anarchist.«

Bevor der Intendant etwas erwidern konnte, sah er sich diskret auf eine zweite Stelle im Saal hingewiesen.

»Ebenfalls in der dritten Reihe, aber von der anderen Seite her zählend, zweiter Sitz von rechts ... Sehen Sie? Da sitzt ein weiterer Freund von mir, Artemio Cattoni, Spitzname Barabbas. Auch er Anarchist aus Carrara. Der Herr mit dem Tartarenschnauzer auf Sitz acht in Reihe sechs wiederum – von links gezählt – heißt Renato Brandini, Spitzname Tamburin. Auch er Anarchist aus Carrara. Wenn Sie nun die Höflichkeit hätten, Ihren Blick dem fünften Platz von links in der letzten Reihe zuzuwenden, dann sehen Sie dort einen weiteren Freund von mir. Sein Name ist Rosildo Castriota.«

»Lassen Sie mich raten. Ein Anarchist aus Carrara?«

»Nein, er stammt aus Kalabrien, Anarchist ist er allerdings noch mehr als die drei anderen. Jetzt die Preisfrage: Können Sie mir sagen, weshalb neben jedem von ihnen ein ein Meter neunzig großer Hüne sitzt?«

Der Intendant erbleichte.

Im Jahre 1901 betrug die durchschnittliche Körpergröße italienischer Männer nur wenig über ein Meter fünfundsechzig. Von diesem Durchschnittswert wich einerseits der König ab, trotz aller Souveränität bei einer Körpergröße von einem Meter vierundfünfzig ein Hänfling von einem Herrscher, andererseits taten das auch jene, die über seine

Sicherheit zu wachen hatten. Schon 1901 zählte zu den Aufnahmekriterien der Königlichen Wache, dass die Statur eines Kandidaten die ein Meter neunzig nicht unterschreiten durfte.

1901 in Pisa einem Mann dieser Größe zu begegnen war eine Seltenheit. Vier davon am selben Ort waren nahezu unglaublich. Sah man jedoch vier davon, die allesamt neben Anarchisten saßen, so gab es dafür nur zwei mögliche Erklärungen; und da Verlobungen zwischen Anarchisten und Kürassieren im frühen 20. Jahrhundert nicht vorkamen, war die einzige mögliche Erklärung die andere.

»Die Maßnahme war unabdingbar für die Anwesenheit des Königs im Theater.«

»Und die Anwesenheit des Königs war unabdingbar fürs Theater, ja?«

Der Intendant zog es vor, eine andere Frage zu beantworten, wie man das eben tut, um sich aus einer Verlegenheit zu retten.

»Anscheinend besteht erhebliche Gefahr, dass es zu Volksunruhen kommen könnte. Vielleicht sogar zu einem Attentat. Auf diese Weise werden die Risiken weitmöglichst eingeschränkt. Das leuchtet Ihnen doch ein, oder?«

»Gewiss doch. Von Kürassieren umstellt, ist der König außer Gefahr. Wenn der Attentäter gut zielt, droht den Kürassieren schlimmstenfalls eine Kugel ins Knie. Mag das Volk Hungers sterben, was schert das uns? Genießen wir lieber die *Tosca*.«

Ob es möglich ist, jemanden mit seinem eigenen Bart zu erwürgen?

Lasst mich hier weg, bevor mich die Lust übermannt, das auszuprobieren.

Die Zeitung wieder sorgfältig unter dem Arm gefaltet, öffnete Intendant Bentrovati die Tür zur Loge, nahm Platz und beobachtete die Premierengänger, die nach und nach, tröpfchenweise, auf ihre Plätze zurückkehrten. Auch der zweite Umbau war gut gegangen. Sehr gut sogar.

Zu der Zeit, in der diese Geschichte spielt, war der Kulissenwechsel der vertrackteste Moment der ganzen Aufführung: Rollenzüge quietschten, Paneele schwankten hin und her, Bühnenarbeiter fluchten, von denen jeder Einzelne unvermittelt die Arbeit niederlegen konnte, während auf der anderen Seite des Vorhangs die Zuschauer warteten, auf der Galerie über den Bariton debattierten und im Parkett über den Sopran. Der Umbau war dermaßen verzwickt, dass seine Dauer ausdrücklich im Programm erwähnt wurde: Zwischen den Akten war jeweils eine halbstündige Pause vorgesehen. Und er verlief dermaßen geräuschvoll, dass häufig die eine oder andere Spontandarbietung improvisiert werden musste, um die Dodekaphonie des Hämmerns und Rufens zu überdecken. Etwa vor vielen Jahren in Neapel, als es bei Rossinis *Moses* zu einem Durcheinander biblischen Ausmaßes kam, verursacht durch die Kulisse des sich teilenden Meeres, das die Flucht des auserwählten Volkes begünstigen sollte. Gelächter schallte von allen Rängen. Und Rossini fand in seiner Verzweiflung keine bessere Lösung, als das Eindringlichste dazu zu komponieren, das ihm einfallen wollte: ein kollektives Gebet unter Führung des Patriarchen, in dem Davids Volk arpeggierend den Höchsten anflehte, und wenn dessen Hilfe noch so flagrant gegen die Spielregeln verstieße, Hauptsache, es brächte Rettung. Das Crescendo der Stimmen schien das Auseinandergleiten der Holzpaneele eher hervorzurufen, als dass es sie überdeckt hätte, und so wurde aus einem hingepfuschten Etwas ein Wunder.

Diesmal dagegen alles bestens. Bonazzi und Pomponazzi ließen sich wie alle Anarchisten fürstlich entlohnen, aber als Bühnentechniker waren sie zweifellos erstklassig. Schnell, geschickt und vor allen Dingen leise.

Während die letzten Zuschauer ihre Plätze wieder einnahmen, wurden die Lichter zum dritten Mal heruntergedreht und erloschen schließlich ganz. Der Intendant lehnte sich zurück.

Bisher war alles gut gegangen. Jetzt konnte er sich auf die zweite Arie freuen, in andächtiger Stille. Was auch wir jetzt tun, ohne nähere Beschreibung. Über Musik zu sprechen gleicht, wie jemand mal gesagt hat, dem Versuch, über Architektur zu tanzen. Über hundert Jahre ist es nun her, dass die Zuhörer den Atem anhalten, während Cavaradossi anhebt, vom Blitzen der Sterne zu singen, und das wird schon seinen Grund haben. Insbesondere, wenn die Arie von einem Balestrieri dargebracht wird, den man als Menschen beruhigt vergessen kann, der als Tenor jedoch einfach gehört werden muss. Möge man dem Verfasser also nachsehen, wenn auch er in respektvoller Stille beiseitetritt, um dem Tenor Ruggero Balestrieri zu lauschen. Es lohnt sich.

Auch weil er in Bälde umgebracht wird.

»*Lange ist doch das Warten ...*«

Allerdings.

Den ganzen Abend lang war Leutnant Pellereys Hirn umhergerast, und jetzt hatte er genug.

»*Worauf warten sie noch? Wohl nur ein Schauspiel ...*«

Denn ja, der Leutnant hatte das Theater mit der klaren und entschlossenen Gelassenheit dessen betreten, der seine Pflicht zu tun hat und dessen Pflicht darin besteht, seinen König zu beschützen.

»Gewiss ... Doch will die Angst nicht von mir weichen ...«

Gleichzeitig jedoch war Gianfilippo Pellerey, als er seinen Posten in der Ehrenloge bezog, lebhaft bewusst, welche Qualen ihn erwarteten. Bereits seit einem Jahr nämlich, seit der Uraufführung, fieberte Pellerey einer Gelegenheit entgegen, der *Tosca* beizuwohnen. Als sie in Turin gespielt wurde, war er in Rom; als sie in Rom lief, war er in Turin. Und auch als sie andernorts gegeben wurde, hatte er keine Gelegenheit gefunden. Nun aber, endlich im Theater, durfte er sich nicht etwa in den Sitz sinken lassen und Puccinis letzte Oper genießen, sondern musste in Habachtstellung verweilen, natürlich mit weit geöffneten Augen und Ohren, aber zum Zuschauerraum hin und nicht zur Bühne.

Welche in diesem Augenblick von einem Offizier und in dessen Schlepptau vom unglaubwürdigsten Exekutionskommando betreten wurde, das die gesamte Operngeschichte gesehen hatte. Der eine war klein wie ein Stöpsel und dick wie eine Korbflasche, ein anderer maß mindestens einen Meter neunzig, der Dritte hinkte und der Vierte ging auf die siebzig zu, ein merkwürdiges Alter für einen Gefreiten.

Die vier Unwahrscheinlichen traten im Marschschritt vor den Verurteilten und formierten sich vor ihm zu einer Art Fächer, Cavaradossi in der Mitte. Auch diese Anordnung bewegte sich nicht am Rande der Lächerlichkeit, sondern ging deutlich darüber hinaus.

Einen Mann zu erschießen, der einem nichts getan

hat, ist alles andere als leicht. Ein normaler Mensch bringt eine solche Untat nur in der Gruppe über sich. Damit sich die Mitglieder eines Erschießungskommandos als Teil eines Rudels empfinden, müssen sie in einer Reihe stehen, eng beieinander, Schulter an Schulter. Nur so sind sie alle gleich, ununterscheidbar und geschlossen und bereit, ihren Befehl auszuführen, so absurd oder scheußlich er auch sein mag. Das bringt der Beruf eben mit sich, was soll man machen?

»*Endlich ... Sie heben die Waffen ... Wie schön er ist, mein Mario!*«

Der Offizier auf der Bühne hob den Säbel, und Tosca hielt sich die Ohren zu. Dann ließ er den Säbel sinken, und Tosca nickte Cavaradossi zu und sagte leise:

»*Nun, stirb doch!*«

Nicht, dass es einer Aufforderung bedurft hätte.

Cavaradossi krümmte sich, als die Schüsse knallten, auf unnatürliche Weise zusammen, als hätte er einen Tritt in den Unterleib bekommen, und dann sackte er ein, als setzte er sich auf sich selbst, schlug mit dem Gesicht aufs Knie auf und sank schließlich zu Boden.

Ein außerordentlich überzeugender Tod.

So überzeugend, dass Tosca persönlich ihn auf der Bühne besang:

»*Das ist ein Künstler!*«

So überzeugend, dass Leutnant Pellerey, noch bevor Cavaradossi ganz auf dem Boden lag, in Richtung Parkett losstürzte.

So überzeugend, dass auch Tosca, nachdem sie sich librettogemäß auf den Geliebten geworfen hatte, aus der

74

Rolle fiel, indem sie eine hohe, nicht sonderlich melodische Note ausstieß, gefolgt von einem durchdringenden:

»Ruggero! Ruggero!«

Und dann schloss sie mit zwei Sätzen, die im Libretto nicht zu finden waren:

»Ja, sind denn hier alle blind? Die haben ihn wirklich erschossen!«

Etwa zehn Sekunden vergingen, bis Leutnant Pellerey von der Proszeniumsloge zum Parkett gelangt war. Mehr oder weniger dieselbe Zeit verstrich, bis die Mehrheit der Anwesenden sich davon überzeugt hatte, dass anstelle des Malers Mario Cavaradossi der Tenor Ruggero Balestrieri füsiliert worden war.

Noch einige Sekunden länger dauerte es, bis sich unter den Theatergästen die Einsicht verbreitete, dass auch der Anarchist Ruggero Balestrieri zu Tode gekommen war.

Dazu musste erst, kurz nachdem die Sopranistin ihre Verzweiflung hinausgeschrien hatte, ein erregter Bursche aus dem Parkett aufspringen und losbrüllen:

»Ihr Mörder! *Du* Mörder!«

Und, zur Königsloge gewandt:

»Aufs Volk schießen zu lassen reicht ihm nicht mehr, jetzt feuern sie auch noch im Theater!«

Daraufhin kam es zu weiteren Zwischenfällen, und zwar in dieser Reihenfolge:

Die Sopranistin Giustina Tedesco ließ ihren Blick übers Parkett schweifen und hielt es dann für angebracht, in Ohnmacht zu fallen, was sie auf überaus theatralische und gelungene Weise tat, sodass sie gekonnt auf dem Extenor Ruggero Balestrieri zu liegen kam.

Auf der Bühne feuerte die Kanone einen von der Partitur nicht vorgesehenen Schuss ab. Nicht, dass das noch allzu große Bedeutung gehabt hätte, da zu diesem Zeitpunkt fast alle Orchestermusiker ihre Plätze verlassen hatten, mit Ausnahme der Professoren Carbonero, Pellaroni und Bustamante, also der drei Kontrabässe. Aber selbst wenn alle auf ihren Plätzen verharrt wären, hätte die Musik nicht harmonisch weiterfließen können, denn auch Dirigent Renato Maria Malpassi war ohnmächtig geworden, er allerdings wirklich.

Vor allem jedoch waren mehrere Zuschauer aufgestanden und hatten begonnen, sich umzuschauen.

Noch etwa zwanzig Sekunden sollten vergehen, bis Bartolo Amidei, Spitzname Charon, Helfer mit genug Herz und Beherztheit fand, um ihm bei dem zu assistieren, wozu es ihn drängte, nämlich etwas kaputt zu schlagen, vorzugsweise um es anschließend in Brand zu setzen.

Unglücklicherweise hatte es nur drei Zehntelsekunden gedauert, bis der Unterleutnant der Königlichen Wache Alberto Cornacchione, dem auf genaue Weisung seines Vorgesetzten der Platz unmittelbar neben Charon zugewiesen worden war, die Dienstpistole zückte und sie dem Steinmetz diskret, aber entschlossen an die Niere hielt. Dieselbe Geste vollzogen mehr oder minder simultan Unterleutnant Enrico Fassina, Unterleutnant Guidobaldo Moretti und Unterleutnant Romualdo Fresche. Die, wie sich auch der begriffsstutzigste Leser vorzustellen vermag, weisungsgemäß neben Tarallo, Barabbas und Tamburin platziert worden waren.

So unterblieb es, dass die Ereignisse als »Aufruhr vom

Neuen Theater Pisa« in die Geschichtsbücher eingingen. Sie hätten freilich auch mit vollem Recht im Guinnessbuch der Rekorde verzeichnet werden können, als schnellster Volksaufstand aller Zeiten: circa fünfzehn Sekunden.

Etwas arg kurz, um konkrete Ergebnisse zu erzielen.

Zweiter Akt

VIER

»Ihr vollständiger Name, Mademoiselle?«

»Giustina Osvalda Ilaria Cantalamessa.«

»Cantalamessa?«

Giustina Tedesco hob den Blick zum Leutnant, einen beschwörenden Blick, den sie kurz auf ihm ruhen ließ, um dann zu antworten:

»Ja. Auf den Plakaten ist der Name Tedesco zu lesen, aber das ist nur mein Künstlername. Eigentlich heiße ich Cantalamessa.«

»So wie der Impresario, der die Aufführung organisiert hat.«

»Ja. Wie soll ich ... Darf ich auf Ihre Diskretion zählen, Herr Leutnant, als Mann und als Soldat?«

»Gewiss, Mademoiselle.«

»Madame. Wissen Sie, Bartolomeo und ich sind verheiratet.«

Und das war für Leutnant Pellerey die zweite Überraschung.

Die erste hatte er vor einer halben Stunde erlebt, kurz nachdem er den Leichnam des Tenors Ruggero Balestrieri in dessen Garderobe auf eine Pritsche gebettet hatte, das weiße Hemd des Künstlers blutdurchtränkt. Der Leutnant hatte Unterleutnant Fresche als Wache in der Garderobe postiert. Als er dann die Tür hinter sich zugezogen hatte, war vor seinen Augen Tosca persönlich erschienen.

Was immer sich um uns herum abspielt, wir können uns weigern, etwas anzusehen, es zu berühren oder daran zu riechen, Geräusche allerdings lassen sich nicht übergehen; und so hatte Leutnant Pellerey, obgleich er über die Sicherheit seines Königs zu wachen hatte und die Augen (pardon, das Auge) wachsam aufs Parkett gerichtet hielt, auf die Gefahren, die von dort kommen mochten, doch nicht umhingekonnt, Giustina Tedesco singen zu hören.

Und selbst wenn er gekonnt hätte, er hätte es nicht gewollt.

Weshalb es ihn nun ins Herz traf, dieselbe Halbgöttin vor sich stehen zu sehen, die ihn noch vor ein paar Stunden im Liegen bezaubert hatte, während sie davon sang, für Kunst und Liebe gelebt zu haben.

Nicht, dass die Sopranistin Gelassenheit ausgestrahlt hätte. Im Gegenteil. Sie wirkte mehr wie Tosca als je zuvor.

»Mademoiselle ...«

»Ich will ihn sehen.«

»Mademoiselle, es empfiehlt sich wohl nicht ...«

»Aus dem Weg, Büttel.«

Mit einer gewandten Drehung schob sie sich am Leutnant vorbei und schritt entschlossen auf Ruggero Balestrieris Garderobe zu. Als sie die Tür öffnete, offenbarte sich ihr der trostlose Anblick eines Mannes, der tot auf einer Pritsche lag, gleichwohl bewacht von einem Carabiniere in Zivil.

»Ruggero ...«

Sie hielt inne.

»Ruggero ...«, wiederholte sie, doch in einem anderen Tonfall.

Dann drehte sie sich zum Leutnant um:

»Ist er tot?«

»Mademoiselle ...«, sagte der Leutnant überrascht.

Und noch überraschter vernahm Leutnant Pellerey, wie Giustina Tedesco, nun wieder unübersehbar Tosca, zu schreien begann:

»Ihr Mörder!«

Was?

»Verfluchte, elende Schurken, möge Gott euch bestrafen!«

Wie bitte?

»Was habt ihr jetzt vor? Wollt ihr auch mich niederprügeln, um mir ein Geständnis abzupressen, ihr gemeinen Hunde? Und mich dann erschießen, um mich zum Schweigen zu bringen, ja, ihr Dreckskerle?«

Unter allen Gefahren und Bedrohungen, die Leutnant Pellerey im Laufe des Abends befürchtet hatte, wäre ihm eine sicher nicht in den Sinn gekommen, ein Sopran außer Rand und Band. Und ebenso wenig erschloss sich ihm, warum die Sängerin so herumbrüllte oder über wen sie sich dermaßen erregte. Der Leutnant konnte sich nur eines fragen, nämlich wie sich die junge Frau beruhigen ließe, ohne dass man handgreiflich würde – jedenfalls nicht zu sehr.

Doch glücklicherweise erwies sich das als unnötig.

Denn nachdem sich Giustina Tedesco mit einer nicht nur theatralischen Geste an den Hals gegriffen hatte, schienen sie ihre Kräfte zu verlassen, und sie sank nieder wie ein Haufen zerschlissener Lumpen. Und diesmal konnte es an der Echtheit des Schwächeanfalls keinen Zweifel geben: Nicht einmal Sarah Bernhardt wäre in der Lage gewesen, den spektakulären Aufprall zu simulieren, mit dem die Sopranistin auf dem Fußboden aufschlug.

Es dauerte eine gute Viertelstunde, bis sie sich davon erholt hatte.

Und es dauerte eine weitere Viertelstunde, sie zu einer Erklärung ihres Verhaltens zu bewegen.

»Verstehe. Und Sie möchten nicht, dass die Sache publik wird.«

»Das wäre wünschenswert. Wissen Sie, die Leute stellen sich eine junge Sängerin ungebunden vor. Und das ist auch gut so, wenn Sie verstehen, was ich meine.«

Viel besser, als du glaubst, mein Augenstern.

»Von daher ist die Ehe für eine junge Bühnenkünstlerin nicht förderlich.«

»Ganz anders, als es sich in der wirklichen Welt verhält«, konnte der Leutnant sich nicht enthalten anzumerken.

Die Sopranistin seufzte.

»In der wirklichen Welt verhält es sich anders, ja. Aber wir Künstler führen ja auch ein ganz anderes Leben als die anderen. Wir arbeiten, wenn sie sich vergnügen, und schlafen, wenn sie bei der Arbeit sind. Wie dem auch sei, wenn es sich vermeiden ließe, dass diese Angelegenheit an die Öffentlichkeit kommt, wäre ich Ihnen sehr zu Dank verpflichtet.«

Die junge Frau sah den Leutnant an, ganz Giustina Tedesco, nicht Cantalamessa.

»Ich werde tun, was ich kann«, sagte der Leutnant, nachdem er sich ein paarmal geräuspert hatte. »Verheiratet zu sein ist schließlich kein Verbrechen. Allerdings kann ich nicht über das hinweggehen, was ganz zweifellos ein Verbrechen ist.«

»Was möchten Sie wissen?«

»Erklären Sie mir als Erstes, wie es zu der abstrusen Idee kam, durch Balestrieris vermeintlichen Tod auf der Bühne eine Revolte auszulösen.«

»Ja, das erscheint mir jetzt auch als abwegig. Aber am Anfang fand ich es aufregend. Sie machen sich keinen Begriff davon, was Ruggero für ein Charisma hatte. Als uns die Nachricht von dem Mord an Bresci ...«

»Entschuldigen Sie, Madame. Vom Tode Brescis. Gaetano Bresci hat sich umgebracht.«

»Ja, sicher, Sie sind Carabiniere und müssen so tun, als würden Sie das glauben. Also schön, nach Brescis Tod setzte Ruggero sich in den Kopf, dass wir die Möglichkeit hätten, gerade hier im Theater einen großen Volksaufstand auszulösen. Ist Ihnen aufgefallen, dass zum Erschießungskommando ein junger Kerl gehörte, der so groß ist wie ein Kürassier?«

»Ja, den habe ich gesehen.«

»Nun, das war der Ausgangspunkt der Idee. Ruggero würde sich tot stellen, und ich sollte ihn unterstützen, indem ich verzweifelt rief, er sei wirklich tot. Ruggeros Freunde im Parkett würden losschreien, um Öl ins Feuer zu gießen: Hier sei vor aller Augen ein Anarchist erschossen worden, um dem Volk eine Lektion zu erteilen, und der Täter sei dieser verkleidete Kürassier. So einen Aufstand hätte man noch nie gesehen«, sagte die junge Frau, und ihre Augen glänzten vor Leidenschaft, einen kurzen Moment lang, bevor ihr Blick auf den von Leutnant Pellerey traf.

»Ich bin nicht sicher, ob ich Ihre Begeisterung teilen kann.« Die Stimme des Leutnants schien seine Worte in die Luft zu meißeln. »Wer war an der Verschwörung beteiligt?«

»Ich …«

»Madame, Sie stehen unter dem Verdacht der Rebellion, der Anstachelung zum Aufruhr und der schweren Beamtenbeleidigung. Sie täten gut daran, meine Fragen in vollem Umfang zu beantworten.«

Giustina Tedesco sah sich um, als fragte sie sich, warum denn niemand im Raum sie gegen die niedrigen Anschuldigungen dieses baumhohen Unmenschen verteidigte. Nach einem kurzen Augenblick, in dem sie sich offenbar davon überzeugen musste, dass außer ihr und dem Leutnant keine weiteren Menschen zugegen waren, ließ sie sich zu einer Antwort herbei.

»Beamtenbeleidigung? Wovon reden Sie?«

»Sie haben mich als Mörder und Schurken tituliert, Madame. Und Sie haben Unterleutnant Fresche gekratzt, dass er blutete.«

Was mich übrigens nicht wenig neidisch macht.

»Aber Herr Leutnant, versetzen Sie sich doch in meine Lage.«

Dagegen hätte ich nichts, dich noch einmal liegend zu sehen.

»Ich öffne die Tür im Glauben, Ruggero in Handschellen zu finden, wegen der gerade erwähnten Vergehen, und finde stattdessen seine hingestreckte Leiche. Daneben steht ein Carabiniere, als hätte er gerade auf ihn eingetreten. Was hätten Sie denn gedacht? Wie hätten Sie eine solche Szene gedeutet? Wäre Ihnen das nicht erschienen wie ein brutales, aus dem Ruder gelaufenes Verhör?«

Leutnant Pellerey schüttelte sich kurz, damit seine Fantasien nicht aus dem Ruder liefen, und wandte sich dann wieder der Sopranistin zu.

»Ich habe noch nie jemanden verhört, Madame. Ich fange damit gerade erst an. Wer war an dieser Verschwörung beteiligt?«

»Ich wusste davon überhaupt nichts«, antwortete der Intendant Bentrovati.

Er saß in seinem Arbeitszimmer, allerdings auf dem Stuhl, der für gewöhnlich Besuchern zugedacht war, und fühlte sich nicht ganz so unbeschwert wie sonst. Vielleicht ob der späten Stunde, vielleicht ob der ungewohnten Position, vielleicht auch ob des Umstands, dass er vor wenigen Stunden gesehen hatte, wie ein Tenor erschossen worden war, alles möglich.

»Sie wollen nichts von der besagten Verschwörung gewusst haben? Man versucht vor Ihrer Nase, einen Volksaufstand zu inszenieren, und Sie bekommen davon nichts mit?«

Normalerweise hätte sich Leutnant Pellerey eine derartige Provokation niemals erlaubt. Aber nachdem er eine Stunde mit dieser jungen Frau verbracht hatte, die es zu allem Überfluss auch noch ablehnte, die Namen ihrer Mitverschwörer zu nennen, war der Leutnant begreiflicherweise etwas überreizt. Der Intendant jedoch, der ja einige Routine im Umgang mit Opernsängern hatte, ließ sich darauf nicht ein. Im Gegenteil, er schien über die Frage ernsthaft nachzudenken.

»Jetzt, wo Sie's sagen«, erwiderte er nach einigen Sekunden, »im Rückblick gab es schon ein paar Situationen, die Ihre Darstellung stützen könnten.«

»Was heißt das?«

»Also, mir fiel auf, dass Balestrieri und die Tedesco irgendetwas im Schilde führten.«

»Haben Sie gesehen, wie sich die beiden besprachen? Oder heimlich Zeichen austauschten?«

»Ich bin nun seit dreißig Jahren im Geschäft, Herr Leutnant. Ich merke es, wenn zwei Menschen, um es so zu nennen, Geheimnisse miteinander haben. Außerdem habe ich mal gesehen, wie die Tedesco aus Balestrieris Garderobe kam. Sie war sichtlich nervös, und fast unmittelbar danach kam Balestrieri heraus, und der war sichtlich befriedigt.«

»Aha.«

»Wie Sie sich denken können, habe ich an alles gedacht, nur nicht an eine Volkserhebung. Wenn es um erhebende Dinge ging, dann von ganz anderer Art.«

Hier lachte Intendant Bentrovati in sich hinein, um mit seinem Gesprächspartner jene Komplizität herbeizuführen, die wie von Zauberhand zwischen Männern entsteht, wenn sie über vulgäre Dinge sprechen, ohne auf schlüpfrige Ausdrücke zurückzugreifen. Doch unerklärlicherweise lachte Leutnant Pellerey nicht. Im Gegenteil.

»Haben Sie Ihre Beobachtungen irgendwem mitgeteilt?«

»Oh nein. Aber ich fürchte, dass ich nicht der Einzige war, dem dieses Verhalten auffiel. Mehr noch, ich bin mir dessen gewiss.«

»Wirklich? Wem ist noch etwas aufgefallen?«

»Sehen Sie, Herr Leutnant, Giustina Tedesco ist seit geraumer Zeit Bartolomeo Cantalamessas Protegé. Sie hätte das vielleicht nicht nötig. Sie ist eine Sängerin von unzweifelhaftem Talent und einer beachtlichen Bühnenpräsenz. Jedenfalls ist ihre Beziehung zu Bartolomeo, wenn Sie so wollen, nicht nur beruflicher Natur. Das könnte auch dieser Reporter von *La Stampa* gemerkt haben, Ragazzoni, wenn ich mich nicht irre. Er verfügt über eine bemerkenswerte Beobachtungsgabe und hat dieser Tage, soweit ich weiß, mit Balestrieri gesprochen.«

»Und Bartolomeo Cantalamessa argwöhnte, dass zwischen seiner ...« – ein Hüsteln – »mit Verlaub, Favoritin und dem Tenor Balestrieri etwas im Gange sein könnte?«

»Ich bin mir fast sicher. Mehr als einmal habe ich die beiden kühle Blicke wechseln sehen, und bei einer Gelegenheit habe ich gehört, wie Bartolomeo in unmissverständlichen Worten auf sie einredete.«

Wenn Pellerey schon bei dem harmlosen Scherz von vorhin zusammengezuckt war, so kann man sich leicht vorstellen, wie seine Reaktion ausgefallen wäre, hätte Bentrovati ihm die Rede des Impresarios wörtlich übermittelt: Die Sopranistin solle endlich aufhören, sich zu benehmen wie eine Schlampe.

»Sie können mir also nicht mit Sicherheit sagen, ob noch weitere Personen an der Verschwörung beteiligt waren«, kam der Leutnant unvermittelt auf das eigentliche Thema zurück.

»Nein, mit Sicherheit nicht.«

»Aber Sie haben jemanden im Verdacht.«

»Nun ja, Herr Leutnant, es gibt da noch andere Anarchisten in der Kompanie. Als besonders glühend gelten die beiden Bühnentechniker, Bonazzi und Pomponazzi.«

»Haben die auch Vornamen?«

Der Intendant musste unwillkürlich grinsen.

»Was ist daran so lustig?«

»Ach, wissen Sie, die beiden heißen Romolo und Remo. Romolo Bonazzi und Remo Pomponazzi. Ich sehe sie immer nur zusammen. Auf dem Theater werden sie seit Jahren per Nachnamen bezeichnet, als wären sie eine Person. Bonazzi und Pomponazzi.«

»Und sie sind Anarchisten, sagten Sie?«

»Ganz eingefleischte. Aber auch die besten Techniker, die Sie je gesehen haben, Herr Leutnant. Bonazzi ist wahnsinnig intelligent. Und Pomponazzi könnte Ihnen aus dem, was er in einer Mülltonne findet, eine Uhr bauen, die sekundengenau die Zeit anzeigt. Darf ich Sie mal was fragen?«

»Bitte sehr.«

»Sie stellen mir eine Menge Fragen zu diesem fehlgeschlagenen Volksaufstand. Dabei wurde doch jemand erschossen.«

»Da haben Sie völlig recht, Herr Intendant. Nach dieser bedauerlichen Begebenheit geht es mir einfach darum, die Situation besser zu erfassen. Wer gehörte eigentlich zum Erschießungskommando?«

»Das Peloton besteht aus vier Leuten.«

Ich weiß. Die habe ich vor einer halben Stunde in eine Garderobe sperren lassen, unter Beobachtung eines Wachpostens. Falls sie sich in der Zwischenzeit nicht fortgepflanzt haben, was ich für ziemlich unwahrscheinlich halte, müssten es weiterhin vier sein, so wie ich sie auf der Bühne gesehen habe.

»Sind Ihnen zufällig auch die Namen bekannt?«

»Pierluigi Corradini, der Waffenmeister. Bartolomeo Cantalamessa, der Impresario.«

»Der Impresario tritt als Statist auf?«

»Normalerweise nicht. Aber wir hatten Schwierigkeiten, genug Leute zu finden, und Cantalamessa war am Ende recht angetan, ein Mitglied des Pelotons zu spielen. Dann ist da noch ein Jungspund, den Cantalamessa in irgendeinem Café aufgetrieben hat. Ich glaube, er heißt Pieretti oder so ähnlich. Der Letzte heißt Teseo Parenti.«

»Ach. Wie der berühmte Bass. Apropos, wissen Sie vielleicht, was aus dem geworden ist? Ich habe seinen Namen seit Jahren auf keinem Plakat mehr gelesen.«

Der Intendant ließ sich zu einem Schnauben hinreißen.

»Ja, das weiß ich wohl. Es handelt sich um keinen Fall von Namensgleichheit. Teseo Parenti ist der berühmte Bass. Oder besser, er war ein berühmter Bass.«

»Und jetzt begibt er sich auf das Niveau eines Statisten?«

»Das ist eine sehr lange und sehr traurige Geschichte. Und ich glaube nicht, dass sie für unseren Fall eine Rolle spielt.«

»Mit Verlaub, Herr Intendant, was in unserem Fall eine Rolle spielt, entscheide hier immer noch ich.«

Nachdem der Intendant einen Moment lang den Kopf gewiegt hatte, zog er eine der Schreibtischschubladen auf und entnahm ihr einen zerfledderten Brief.

»Vor fünf Jahren wurde am Königlichen Theater in Parma *Don Giovanni* gegeben. In einer Inszenierung, die bereits seit einiger Zeit durch Italien zog. Teseo Parenti war mit von der Partie.«

»Als Don Giovanni?«

»Nein, in den Rollen des Komturs und des Masetto.«

Ja, man hat richtig gelesen: Parenti war – anders als Pater Pio – nicht etwa mit der Gabe der Bilokation gesegnet. Die Erklärung liegt schlicht darin, dass Masetto und der Komtur einander nicht auf der Bühne begegnen, und beide sind Bassstimmen. Die für die Uraufführung von Mozarts Oper ausersehene Kompanie verfügte nur über wenige Sänger, was den Librettisten und den Komponisten zu Anpassungen nötigte und einige Darsteller zum doppelten Einsatz. Deshalb dauert auch die Szene so lange, in der sich Don Giovanni nach dem Verschwinden des Komturs mit den Dämonen auseinandersetzt: Der ursprüngliche Komtur, der Giuseppe Lolli hieß und nicht etwa Arturo Fregoli, brauchte etwas Zeit, um sich umzuziehen und für das Gran Finale wieder Masetto zu werden. Diejenigen, denen die Szene gegenwärtig ist, kennen sie als eine der intensivsten und spannungsgeladensten Szenen in der Geschichte der Musik (ein weiterer Beweis dafür, dass ein Genie in der Lage ist, aus Hindernissen Kapital zu schlagen): Das Duett zwischen Don Giovanni und einem Chor von Dämonen, die häufig unterhalb der Bühne oder aus ein paar Nebenlogen singen, lässt einen buchstäblich erschauern. Käme Masetto zum Abschluss in Unterhosen zurück auf die Bühne, würde das diesem Pathos vielleicht nicht allzu gerecht.

»Ja, natürlich«, antwortete der Leutnant. »Das kommt

nicht selten vor, dass beide Figuren vom selben Sänger dargestellt werden. Wenn ich mich nicht irre, war es auch bei der Uraufführung in Prag so.«

»Potztausend, Sie sind ja ein richtiger Kenner.«

»Nein, nur ein Opernliebhaber. Parenti hat also beide Rollen gespielt.«

»Ganz genau. Und er hat dafür auch einige Aufmerksamkeit bekommen, nur leider von der falschen Art.«

»Hat er denn so schlecht gesungen? Das überrascht mich.«

»Nein, er hat überhaupt nicht schlecht gesungen. Er wurde im Verlauf des Stücks in einige unglückliche Zwischenfälle verwickelt.«

»Unglückliche Zwischenfälle?«

»Ja, und zwar mehr als einen«, bestätigte der Intendant. »Der erste ereignete sich am Ende des ersten Akts. Während der Tanzszene fing seine Perücke Feuer. Parenti, der gerade Zerlina verfolgte, war einer Kerze zu nahe gekommen, und das Haar der Perücke ging plötzlich in Flammen auf. Dadurch unterblieb die Anklage Don Giovannis, stattdessen floh Masetto unter wildem Geschrei.«

»Das war bestimmt nicht schön anzusehen.«

»Danach kam es noch dicker. Wo würden Sie den Komtur singen lassen?«

Antworten Sie jetzt nicht mit einem geringschätzigen »Auf der Bühne«. Die Frage ist subtiler, als sie aussieht.

Am Ende von *Don Giovanni* zeigt sich der Komtur für gewöhnlich nicht auf der Bühne: Da er im ersten Akt gestorben ist, erschiene es den meisten Regisseuren als inopportun, wenn er im dritten Akt wieder zu sehen wäre. Von dem Komtur, der von der Hölle aus Don Giovanni herausfordert, ist in der Regel einzig die Stimme zu hören. Manchmal singt er aus dem Orchestergraben (den es damals leider nicht gab), manchmal aus einer Privatloge, manchmal auch aus dem Proszenium.

Und so erfuhr Leutnant Pellerey, dass der Regisseur die Ankunft des Komturs mit einer Jenseitsakustik vorgetragen haben wollte und Parenti daher am Ende der Oper im Foyer singen ließ, einem Gewölbe, aus dem die Stimme verstärkt und zugleich fern auf die Bühne schallte, als käme sie wirklich aus dem Hades.

Unglücklicherweise befand sich die Stelle genau vor den Toiletten.

Weshalb das Finale mit einem Furcht einflößenden d-Moll-Akkord eröffnete, gefolgt von einer kurzen Stille, die alsbald kraftvoll von der Klospülung durchbrochen wurde.

»Ich kann mir die Reaktionen ausmalen.«

»Das Theater hat gebebt vom Gelächter. Und ich erspare Ihnen lieber, was am nächsten Tag in den Zeitungen stand. Ein Kritiker sprach von der umstrittenen, aber stimmungsvollen Wahl des Regisseurs, dem Komtur ein so unerhörtes Begleitinstrument wie das Wasserklosett zur Seite zu stellen, und äußerte die Vermutung, das Ganze sei ein veristischer Kniff, um Don Giovannis Furcht vor den Höllenflammen anschaulich zu machen. Woran denken Sie?«

Leutnant Pellerey nahm sich zusammen, als ihm klar wurde, dass eine aufrichtige Antwort – an das Dekolleté der Sopranistin Giustina Tedesco – womöglich Zweifel auf seine Eignung geworfen hätte, im vorliegenden Fall zu ermitteln.

»Ich stelle mir vor, wie sich der arme Teufel geschämt haben muss, der die Spülung betätigt hat.«

»Man hat nie erfahren, wer das war. Der Betreffende blieb bis zum Ende der Szene auf der Toilette versteckt, und dann musste Parenti zurück hinter die Kulissen, um sich fürs Finale als Masetto umzuziehen.«

»Wirklich unglaublich.«

»Aber absolut zutreffend, ich versichere es Ihnen. Sie können gerne Maestro Malpassi fragen. Der hat damals nämlich dirigiert.«

»Und was wurde aus Teseo Parenti? Hätte er nicht auf die Bühne zurückkehren können?«

»Doch, doch, er hätte das ohne zu zögern getan. Wenn Sie die weitere Entwicklung verstehen möchten, lesen Sie am besten diesen Brief.«

Damit hielt Bentrovati dem Leutnant den Zettel hin, den er kurz zuvor aus der Schublade gezogen hatte.

Parma, 1. März 1896

Lieber Tersilio,

zu meinem Bedauern muss ich dir, wie schon befürchtet, mitteilen, dass ich nicht in der Lage sein werde, meine zu Saisonbeginn eingegangene Verpflichtung zu erfüllen und den Don Giovanni nach Pisa zu holen. Ich stehe nämlich ohne Kompanie da. Nach den Vorfällen in Parma hat die Hälfte der Mitglieder mich verlassen, und die andere Hälfte würde nicht ausreichen, um etwas Anständiges auf die Beine zu bringen. Mir schien nur recht und billig, alle freizustellen, sodass sie sich ein anderweitiges Engagement suchen können. Gestern war der sechzehnte Geburtstag der Zwillinge, du kannst dir

selbst vorstellen, wie wir das gefeiert haben. Du wolltest
wissen, ob ich dich besuchen käme vor Jahresende. Mein
Lieber, ich weiß es nicht, ich glaube es nicht, ich wage es
nicht zu hoffen.

In inniger Verbundenheit
Dein Paolo

Der Leutnant gab dem Intendanten wortlos den Brief zurück. Er fürchtete, verstanden zu haben, was Teseo Parenti passiert war.

Die folgenden Sätze des Intendanten sollten es ihm bestätigen.

»Paolo Rossis Kompanie steckte bereits vor dieser unseligen Tournee in finanziellen Schwierigkeiten. Nach dem Vorfall in Parma überschlugen sich die Ereignisse. Die Kompanie ging bankrott, und Rossi war auf einmal arm und verrückt, wie man in Neapel sagt, mit einer Frau, drei Kindern und einer Menge Schulden.«

»Wie hat er sich beholfen?«

»Auf denkbar ungute Weise. Er hat sich am 15. August von einer Brücke gestürzt. Und ich halte diesen Brief immer griffbereit, Herr Leutnant. Wenn ich mal verzagt bin, lese ich ihn und rufe mir ins Gedächtnis, dass auf dieser Welt ein einziges Ereignis ein ganzes Leben aus der Bahn werfen kann.«

»Und Parenti ...«

»Parenti war von jenem Tag an der arme Parenti. Der Unglücksbringer. Man fing an, über ihn zu reden, als wäre er tot. Ein Jahr verging, und er hatte kein Engagement mehr. Niemand wollte ihn in seinem Theater haben, und Sie müssen bedenken, dass wir von einem glänzenden

Bass sprechen. Ich habe in renommierten Häusern Kollegen singen hören, die Teseo nicht annähernd das Wasser reichen können.«

»Wirklich wahr«, sagte Pellerey, um dann wieder als Leutnant nach einer nachdenklichen Pause zu fragen: »Aber wieso wurde er als Statist eingestellt?«

»Wir mussten einen Sänger entlassen, Michele Menegazzo, der für die Rolle des Angelotti vorgesehen war. Also brauchten wir einen Bass, der für diese Saison noch ohne Verpflichtungen wäre und zuverlässig dazu. Ich versuchte, Teseo Parenti ins Spiel zu bringen – Sie werden sich denken, wie das aufgenommen wurde. Der singt doch seit Jahren nicht mehr, ich habe gehört, es geht ihm nicht so gut, ist er nicht viel zu alt? Und so weiter. Alles halblaut hingesagt, die meisten klopften dabei auf Holz.«

»Und was ist dann passiert?«

»Bei der zehnten ausweichenden Antwort, mein lieber Herr Leutnant, ist mir der Kragen geplatzt. Wenn ich Parenti nicht holen soll, lasse ich es bleiben, aber seid wenigstens Manns genug, es offen und klar auszusprechen – ihr seid doch dagegen, weil ihm angeblich das Pech an den Füßen klebt. Das gab ein Gezeter, Herr Leutnant. Am Ende mussten sie es eingestehen. Der Einzige, der widersprochen und auch Parenti verteidigt hat, war just Ruggero Balestrieri. Er sagte, Parenti allein singe besser als sie alle zusammen, und beschimpfte die anderen als eine Bande rückständiger Frömmler, die zu nichts gut seien, als Blumen zum Altar zu tragen. Vermutlich tat er das nur aus Streitlust, das war so seine Art. Aber lassen wir das, von Verstorbenen soll man ja nur Gutes sagen. Jedenfalls habe ich dann eine Entscheidung gefällt.«

Der Intendant stützte die Ellenbogen auf die Armlehne und legte die Hände übereinander.

»So, ihr glaubt, dass Parenti Unglück bringt?« Der Intendant stach mit dem linken Zeigefinger auf seine rechte Handfläche. »Ich stelle ihn euch als Statisten auf die Bühne. Und zwar im schlimmsten Moment, bei der Erschießung. Und wenn am Ende des Abends alles glattgegangen ist, rufe ich euch einen nach dem anderen hinter den Vorhang, und ihr entschuldigt euch bei ihm. Dann hört das Gerede endlich auf, habe ich gedacht, dieser Unsinn von Teseo Parenti und seinem Pech.«

Die Augen des Intendanten wurden feucht.

»Sagen Sie selbst, ist das nicht ein furchtbares Missgeschick?«

FÜNF

»Tragisch? Tragisch ist gar kein Ausdruck, Herr Leutnant. Es ist tragisch, scheußlich und nicht wiedergutzumachen.«

Renato Maria Malpassi erreichte das Fenster, blieb stehen, drehte sich um die eigene Achse und marschierte wieder los, die Stirn mit Schweißperlen übersät, indes die Hände noch immer sein wagnerianisches Gedankenorchester dirigierten.

»Ein derartiges Verbrechen, Herr Leutnant, gegenüber einem Künstler, der dem Publikum und der Musik stets alles gegeben hat, sollte schlicht und ergreifend undenkbar sein.«

Dann ließ er sich auf einen Stuhl sinken und bekräftigte mit zwei Triolen und einer donnernden Duole: »Schlicht-und-er-grei-fend-un-denk-bar.«

Im Stillen dem Herrgott dafür dankend, dass Maestro Malpassi endlich aufgehört hatte, im Zimmer hin und her zu laufen, zog Leutnant Pellerey eine Augenbraue hoch.

»Verzeihen Sie, Maestro, aber ich glaube, das Verbrechen galt nicht dem Musiker, sondern dem Menschen.«

Maestro Malpassi, sitzend und schwitzend, stimmte aus vollem Herzen zu.

»Sie haben recht, Herr Leutnant, Sie haben recht. Darum geht es gerade, um das Überflüssige, das, was über den Verstoß gegen die guten Sitten hinausgeht und das eigentliche Verbrechen ausmacht. Der Mensch, Herr Leutnant, hat für das gebüßt, was der Musiker getan hatte. Denn was ich getan habe, habe ich als Musiker getan und nicht als Mensch. Doch als Mensch, nicht als Musiker, wurde ich bestraft.«

»Entschuldigung, Maestro, von welchem Verbrechen reden wir?«

Und was, zum Henker, meint er mit »überflüssig«?

»Also bitte, Herr Leutnant. Von welchem Verbrechen wir reden? Von welchem Verbrechen, wenn nicht der barbarischen, brutalen, bestialischen Attacke, die ich vor nunmehr drei Tagen erleiden musste?«

»Ist Ihnen klar, Maestro, dass vor nicht einmal zwei Stunden der Tenor Balestrieri eine Gewehrkugel ›erleiden musste‹ und dass er nun tot ist?«

Die achtundzwanzig Zähne, die dem Maestro verblieben waren, formten ein kurzes Hohnlächeln.

»Ach, ja. Aber das, Herr Leutnant, war kein Verbrechen. Das war ein Akt göttlicher Gerechtigkeit. Wer immer uns von Ruggero Balestrieri befreit hat, hat der Welt nur einen Gefallen erwiesen.«

Leutnant Pellerey verbog sich im Geiste einen Finger, bis es richtig wehtat.

Es ist schon nicht leicht, ein Peloton Carabinieri für einen gewöhnlichen Einsatz zu organisieren. Nach einem Mord, dem der Versuch eines Aufruhrs folgte, ist es noch um einiges komplizierter. Und wenn sich diese Kette von Straftaten in einem Opernhaus zugetragen hat, wo es von Opernsängern und Musikern wimmelt, die allesamt erwarten, mit absolutem Vorrang vor allen anderen zu den Umständen gehört zu werden, dann bekommt man Lust, den Kopf gegen die Schreibtischkante zu schlagen. Nachdem der Leutnant seinen Untergebenen ihre Aufgaben zugewiesen hatte – Fresche sollte die Vernehmungen als Zeuge begleiten, Moretti die Verdächtigen bewachen, Cornacchione den Leichnam hüten und Fassina die Steinmetze, die wegen Platzmangels in derselben Garderobe untergebracht waren –, machte er sich an die mühevolle Vernehmung der Beteiligten. Eigentlich hatte er ja vorgehabt, mit den Angehörigen des Exekutionskommandos zu beginnen. Doch dann rang er sich dazu durch, erst Maestro Malpassi zu empfangen. Wenn er das nämlich nicht getan hätte, wäre es in dem Theater zu einem zweiten Mord gekommen, und in dem Fall hätte man Leutnant Pellerey selbst verhaften müssen.

Klein gewachsen, dickleibig, mit einem spärlichen von Brillantine und Schweiß glänzenden Haarkranz, war Maestro Malpassi bereits rein äußerlich und von seiner Redeweise her eine unangenehme Gestalt. Zudem aber hatte der Dirigent kein Distanzgefühl. Wenn er mit jemandem sprach, rückte er ihm auf die Pelle: körperlich, mit dem Gesicht, den Händen, er drängte sich in eine Nähe, die der Leutnant noch nicht einmal seiner Verlobten zugestanden hätte. Öffentlich, versteht sich.

Bevor da ein falscher Eindruck entsteht: nicht, dass seine Verlobte sich das jemals erlaubt hätte.

Öffentlich, damit auch diesbezüglich keine Missverständnisse aufkommen.

»Warum sagen Sie das, Maestro?«

Maestro Malpassi betastete seinen Schädel, um sich zu

vergewissern, dass der Haarkranz auch fest verankert war, und hob das Kinn.

»Wissen Sie, Herr Leutnant, für Sie mag das ja nach einem Verbrechen aussehen, das keinerlei Nachforschungen erfordern würde. Aber vor drei Tagen wurde ich von vier Rasenden angegriffen und wüst verprügelt. Nach erfolgter Misshandlung warnten sie mich wie eingefleischte Kriminelle, falls ich heute Abend ans Dirigentenpult träte, würde ich an jenes erste Mal noch sehnsüchtig zurückdenken, es würde mir dann vorkommen wie eine sanfte Massage.«

Maestro Malpassi, der offenbar nicht ruhig zu sitzen vermochte, erhob sich von seinem Stuhl und begann erneut, durch das Zimmer zu kreisen wie der Mond um die Erdkugel.

»Zwei Tage zuvor hatte ich den Bass Menegazzo entlassen, einen engen Freund Balestrieris, der dessen eigenwillige politische Vorstellungen teilt, denen zufolge wir alle gleich wären. Balestrieri stammt aus Carrara, und siehe da – die Personen, die mich attackierten, hatten einen starken carraresischen Akzent.«

»Finden Sie diese Hypothese nicht etwas gewagt?«

»Nicht im Geringsten, Herr Leutnant. Als am nächsten Tag Maestro Corradini von dem Vorfall erfuhr, ging er zu Balestrieri und stellte ihn zur Rede. Und wissen Sie, was unser hochgeschätzter Balestrieri dazu zu sagen hatte? ›Raten Sie ihm, gut aufzupassen, Herr Corradini. Wenn er das nächste Mal aus dem Haus geht, sollte er sich warm einpacken. Wenn er auch die Visage verhüllt, unterbleiben hoffentlich gewisse Misslichkeiten.‹«

Corradini? Ach ja, der Waffenmeister. Der Mann, der den Sängern beibringt, wie man das Schießen simuliert.

»Ich verstehe. Was hatte Maestro Corradini mit der Sache zu tun?«

»Pierluigi ist ein guter Freund von mir«, antwortete Malpassi leicht errötend. »Er kam vor Jahren zur Oper, nachdem er sich gezwungen gesehen hatte, den Armeedienst zu quittieren. Damals nahm ich ihn unter meine Fittiche, verschaffte ihm die ersten Aufträge auf dem Theater. Inzwischen zählt er zu den gesuchtesten Waffenmeistern auf europäischen Bühnen. Und er ist mir seither in ehrlicher und bleibender Freundschaft verbunden.«

»Wusste Balestrieri davon?«

»Gewiss doch«, antwortete der Maestro und verzog den Mund, als hätte man ihm vorgeschlagen, am Abfalleimer zu lecken. »Wobei er es für angebracht hielt, diese aufrichtige, gesunde Freundschaft mit schamlosen und zweideutigen Witzen zu verhöhnen. Sie werden begreifen, Herr Leutnant, dass ein solcher Mensch, der keine Freunde, sondern nur Bewunderer kennt, niemals begreifen kann, was wahre Zuneigung bedeutet.«

»Hat er wirklich keine Freunde?«

»Nicht in der Welt der Oper.«

»Auch nicht Teseo Parenti? Mir wurde gesagt, er sei, als Parenti ins Spiel gebracht wurde, sehr für ihn eingetreten.«

Maestro Malpassi lachte kurz auf, schüttelte den Kopf und setzte sich endlich wieder hin.

Der Mann hat den Beruf verfehlt, ging dem Leutnant durch den Sinn. Wenn er statt Dirigent Schauspieler geworden wäre, hätte er auf der Bühne Triumphe gefeiert. Malpassi fasste sich in beiläufigem Aberglauben ans Gemächt und sprach weiter:

»Dahinter stand wahrlich keine Herzensgüte, Herr Leutnant. Hätte Ruggero Balestrieri sich vom Fleisch seines besten Freundes nähren müssen, so wäre seine einzige Sorge gewesen, den passenden Wein dafür zu finden. Nein, wie immer sah er nur eine Gelegenheit, sich großzutun. Er behauptete, die Vorfälle selbst ausgelöst zu haben, die sich an jenem Unglücksabend in Parma ereigneten. Parenti habe damit nichts zu tun gehabt.«

»Er sagte, er habe die Vorfälle selbst ausgelöst?«

»So ist es.«

»Hat er auch erklärt, weshalb?«

»Anscheinend war es zwischen ihm und dem Impresario zu Geldstreitigkeiten gekommen, und da wollte er ihm einen Streich spielen. Anscheinend neigt er überhaupt zu rücksichtslosen Scherzen, was soll ich sagen. Aber das lassen Sie sich besser von Pierluigi erzählen, ich meine, von Maestro Corradini. Er war damals Mitglied derselben Kompanie.«

Am Schreibtisch des Intendanten sitzend, griff Leutnant Pellerey zu Papier und Feder.

Sich Notizen zu machen half dem Leutnant immer, seine Gedanken zu ordnen. Ihm kam es vor, als wäre mit dem Aufschreiben schon die Hälfte getan. Häufig bestand seine Arbeit schlichtweg darin, Raum für das zu schaffen, was wirklich zu tun war, während ringsum alle anderen den Kopf verloren.

Nachdem er die Feder ins Tintenfass getaucht hatte, begann er zu schreiben, in der imposanten Kursivschrift der Soldaten aus anderen Zeiten.

Besetzung des Erschießungskommandos
CORRADINI PIERLUIGI. Waffenmeister der Kompanie. Kannte das Opfer. In männlicher (?) Freundschaft mit Maestro Malpassi verbunden. Mögliches Motiv: Groll. Ehemaliger Soldat. Grund für sein Quittieren des Dienstes?
CANTALAMESSA BARTOLOMEO. Impresario. Kannte das Opfer. Verheiratet mit der Sopranistin Giustina Tedesco, der Darstellerin der Tosca. Mögliches Motiv: Eifersucht. Eingehende Informationen einholen.
PARENTI TESEO. Sänger ohne Anstellung. Kannte das Opfer. Mögliches Motiv: Groll wegen einer alten Geschichte. Eingehende Informationen einholen.
PROIETTI ANTONIO. Statist. Ob er das Opfer kannte, ist nicht bekannt, jedoch unwahrscheinlich. Allgemeine Informationen einholen.

Der Leutnant betrachtete das Blatt einen Augenblick lang und nahm zunächst den Inhalt und dann die Handschrift wohlwollend zur Kenntnis. Nachdem er eine sorgfältige Kopie angefertigt hatte, bellte er:

»Moretti!«

»Zu Befehl.« Unterleutnant Moretti erschien auf der Schwelle.

»Treten Sie ein, und machen Sie die Tür zu, Moretti.«

Der Carabiniere gehorchte schweigend, seinem Dienstgrad entsprechend.

»Ich schreite jetzt zur Vernehmung der Mitglieder des Pelotons. Als Ersten schicken Sie mir Corradini herein. Und bringen Sie unverzüglich dieses Billett zu Hauptmann Dalmasso«, sagte er, dem Unterleutnant seine To-do-Liste hinhaltend. Dabei fiel ihm eine Bemerkung des Intendanten ein. »Ach, und noch etwas, Moretti.«

»Zu Befehl.«

»Lassen Sie mir den Journalisten namens Ragazzoni holen. Der Intendant weiß, wo er zu finden ist.«

»Ihr Name, bitte.«

»Pierluigi Corradini.«

Der Leutnant sah von seinen Unterlagen auf und musterte den Neuankömmling, der vor ihm saß, aufrecht, doch nicht in militärischer Haltung.

Einer der attraktivsten Männer, die er je zu Gesicht bekommen hatte. Groß, aber kerzengerade, mit breiten Schultern und einem ausladenden Brustkorb; er hatte grüne Augen, ebenmäßige Zähne und die glatte, gleichmäßig gebräunte Haut eines Mannes, der Sonnenbäder nahm und nicht etwa Ziegelsteine setzte.

Begreiflich, dass der Dirigent zu ihm in einem unbestimmten Verhältnis stand, wenn man das so sagen konnte. Nur dass das auf Gegenseitigkeit beruhen sollte, erstaunte ihn.

»Sie sind der Waffenmeister der Kompanie?«

»Ja, seit über drei Jahren. Davor habe ich für alle größeren italienischen Theater und Opernhäuser gearbeitet und auch für renommierte Häuser im Ausland.«

»Soweit ich informiert bin, waren Sie ursprünglich bei der Armee.«

»Ich habe wie Sie bei den Königlichen Carabinieri gedient, fünf Jahre lang, zuletzt im Leutnantsgrad.«

Über die Frage, warum er den Dienst quittiert habe, beabsichtigte Leutnant Pellerey fürs Erste hinwegzugehen.

Was auch immer dahinterstecken mochte, wahrscheinlich war es für Corradini kein einfaches Thema.

»Dann dürfte es Ihnen leichtfallen, meine erste Frage zu beantworten.«

»Dazu bin ich hier.«

»Sie haben die Mitglieder des Pelotons instruiert, eine Erschießung zu spielen. Konnte einer der Darsteller schießen oder hatte bereits Erfahrung mit der Waffe?«

»Lediglich Cantalamessa, der Impresario. Die anderen beiden hatten noch nie einen Schuss abgegeben.«

»Welche Gewehre kamen auf der Bühne zum Einsatz?«

»Vier Carcano Modell 1891. Drei davon stammten aus meiner persönlichen Sammlung. Ich verfüge für Theaterzwecke über eine gewisse Anzahl von Waffen, die alle ordnungsgemäß gemeldet sind. Die vierte ist Herrn Cantalamessas Eigentum.«

»Die vier Waffen waren also vom selben Modell.«

»Ja.«

»Wer war mit der Wartung der Waffen betraut und vor allem – mit der Ladung?«

»Ich persönlich. Die Gewehre wurden von mir mit Platzpatronen geladen. Ich verwende Originalladung des Kalibers 6.5 ohne Projektil, die mit einer Abschlusskappe verschlossen ist und von mir persönlich vorbereitet wurde.«

»Wäre es möglich, dass Ihnen beim Laden eines der Gewehre ein Irrtum unterlaufen ist?«

»Nein, Herr Leutnant. Die Platzpatronen sehen völlig anders aus als solche, die Wirkung erzielen können.«

Auch das wusste der Leutnant nur zu gut.

»Carcano Modell 1891. Also mit Mannlicher-Magazin.«

»Genau. Ein kleines Juwel.«

Der Leutnant nickte. Der Mannlicher-Laderahmen, eine Art Metallbehälter, der sechs Schuss enthielt, ließ sich aufgrund seines symmetrischen Aufbaus von beiden Seiten ins Gewehr einsetzen. So bestand keine Gefahr einer Ladehemmung, wenn man das Magazin in der Schlacht verkehrt herum packte, etwa aufgrund begreiflichen Nervenflatterns angesichts eines Eriträerstamms, den die Anwesenheit feindlicher Soldaten auf vaterländischem Boden in verständlichen Zorn versetzt und der darauf brennt, einem die örtlichen Gebräuche in Sachen Kriegsgefangene vorzuführen.

Corradini vollführte eine Handbewegung, die der Leutnant bestens kannte.

»Ta-klick, laden, ta-klack, entladen. Und ta-klick, nachladen. Fünfzehn Schüsse pro Minute, wenn man schnell ist.«

Oh ja. Schnell abzufeuern, schnell zu laden. Wenn jemand einen Mannlicher-Laderahmen bei sich trug, dessen erste Platzpatrone durch eine richtige ersetzt worden war, ging das Auswechseln im Handumdrehen.

»Hatten die Mitglieder des Pelotons Weisung, das Gewehr unmittelbar nach dem Schuss zu entladen?«

»Ja, sicher. Man wird ja die explodierte Hülse nicht im Lauf lassen wollen. Aber ich muss da immer hinterher sein. Nicht jeder hält sich an die Instruktionen, und über kurz oder lang geht sonst das Gewehr kaputt.«

»Gut. Entschuldigen Sie mich kurz«, und dann lauter: »Moretti!«

Unterleutnant Moretti kam stramm und beflissen in den Raum.

»Moretti, gehen Sie auf die Bühne, und suchen Sie die

vier verbrauchten Patronenhülsen. Es müssten drei Platzpatronen und eine scharfe gewesen sein. Und markieren
Sie den genauen Ort, an dem Sie die Hülsen finden.«

»Zu Befehl, Herr Leutnant.«

Als Moretti das Zimmer verlassen hatte, sprach der Leutnant weiter, dem Corradinis beginnende Ungeduld nicht
entging:

»Verzeihen Sie, ein paar Fragen hätte ich noch. Wann
haben Sie die Gewehre für die Aufführung geladen?«

»Kurz vor der Erschießung, gegen zwanzig vor elf. Die
Erschießung war für circa elf Uhr vorgesehen.«

»Behielten Sie die Waffen im Auge, nachdem Sie sie geladen hatten?«

»Gewiss.«

»Ohne einen Moment der Ablenkung?«

»Gewiss.«

»Sind Sie sicher?«

»Herr Leutnant, ich mache das von Beruf.«

»Konnten Sie hören, wie jemand hinter Ihnen eine
scharfe Waffe abfeuerte, als der Schießbefehl gegeben
wurde?«

»Nein, ganz bestimmt nicht.«

»Dann wäre Balestrieris Tod durch Gottes Hand zu-
stande gekommen?«

»Das kann ich nicht ausschließen. Wenn dem so sein
sollte, habe ich die feste Absicht, der Madonna von Monte-
nero für die erwiesene Gunst ein Ex voto zukommen zu
lassen.«

Leutnant Pellerey sah zu Exleutnant Corradini hoch und
erntete einen Blick aus purem Hohn.

»Ist Ihnen klar, was Sie da sagen?«

»Sicher doch. Wie mir auch klar ist, dass Sie die Pflicht haben, zum Tod Balestrieris zu ermitteln. Jemanden geringzuschätzen ist mein gutes Recht. Und Ihre Pflicht ist es, den Schuldigen ausfindig zu machen. Auch wenn meines Erachtens kein Sold hoch genug sein könnte, um eine derartige Aufgabe zu entgelten.«

Wäre der Leutnant ein völlig rationales Wesen gewesen, so hätte er nicht auf Corradinis miesen Seitenhieb achten dürfen, sondern sich weiter auf die Frage konzentriert, die ihm durch den Sinn gegangen war – nämlich warum der Waffenmeister einer Opernkompanie so froh darüber sein mochte, dass der unbestrittene Star der Truppe verfrüht das Zeitliche gesegnet hatte. Doch auch unter der an Auszeichnungen reichsten Uniform schlägt ein Herz, und vor allem arbeitet dort eine Leber, über die manchmal eine Laus läuft; und so kam Gianfilippo Pellerey zu dem Schluss, dass rein sprachlich gesehen die Zeit gekommen war, das Florett beiseitezulegen und zu einer anderen Waffe zu greifen.

»Ich würde Sie bitten, von Betrachtungen über meinen Sold Abstand zu nehmen.«

»Pardon, Sie haben recht. Ich bin schon zu lange in einem zivilen Umfeld tätig und vergesse leicht, dass es beim Militär als unfein gilt, über Geld zu reden. Wissen Sie, für unsereinen ist das ziemlich normal. Wer die Besten haben will, der muss sie auch bezahlen.«

»Haben Sie deshalb den Dienst quittiert? Haben Sie sich kaufen lassen?«

»Warum ich die Armee verlassen habe, geht Sie nichts an«, erwiderte der Waffenmeister, nun seinerseits zum Schwert greifend.

»Für den Augenblick nicht, da haben Sie recht. Ist Ihnen irgendetwas Merkwürdiges oder Ungewöhnliches aufgefallen, im Moment der Exekution oder unmittelbar davor?«

Der Waffenmeister zögerte.

»Unmittelbar davor nicht. Im Moment der Exekution ja.«

»Und das wäre?«

»Sicherlich haben Sie es auch bemerkt. Jemand hat auf Balestrieri geschossen.«

Zum Glück klopfte jemand an der Tür und schnitt Leutnant Pellerey die Antwort ab, der knurrte:

»Herein!«

Unterleutnant Moretti betrat ein weiteres Mal den Raum. In der Hand einen Briefumschlag.

»Zu Befehl, Herr Leutnant.«

»Fündig geworden, Moretti?«

»Ja, Herr Leutnant. Vier abgeschossene Hülsen, Herr Leutnant. Drei Platzpatronen, eine scharfe.«

»Zeigen Sie mal.«

Der Unterleutnant trat zum Schreibtisch und legte den Umschlag auf die lederne Unterlage. Drei glänzende kleine Zylinder rollten heraus, an einem Ende offen wie metallene Azaleen in voller Blüte, daneben eine nahezu identische, die aber noch fast Knospe schien.

»Begleiten Sie Herrn Corradini in den Raum mit den anderen drei Mitgliedern des Pelotons«, sagte der Leutnant, den *Herrn* deutlich betonend, »und holen Sie Herrn Cantalamessa, wenn ich bitten darf.«

SECHS

»Bartolomeo Egidio Rocco Cantalamessa.«

»Impresario der Kompanie ›Nomadisches Arkadien‹?«

»Ganz recht.«

»Was ist Ihre genaue Aufgabe bei der Kompanie?«

»Ich bin der alleinige Geschäftsführer.«

In der Regel fügte Cantalamessa an dieser Stelle hinzu: »Das heißt, wenn es ein Erfolg wird, ist dies das Verdienst der Sänger. Und wenn es eine Katastrophe wird, liegt die Schuld bei mir.« Aber diesmal schien ihm das nicht angebracht.

»Ich meinte, welche Obliegenheiten haben Sie? Ich vermute, Sie wählen die Musiker aus.«

»Die Sänger ja. Das Orchester wird für gewöhnlich vor Ort zusammengestellt. Es wäre undenkbar, eine Kompanie mit einem Orchester dieser Größe auf Tournee zu schicken.«

»Und wie haben Sie die Kompanie zusammengestellt? Arbeiten Sie immer mit denselben Sängern, oder heuern Sie sie je nach Oper an?«

»Eigentlich beides. Es gibt einen Stamm von Mitarbeitern, die mit mir unterwegs sind, und dazu engagiere ich von Mal zu Mal andere Künstler, um die Truppe zu vervollständigen.«

»Ich verstehe. Und als der Bass Menegazzo entlassen

wurde, war es da Ihr Vorschlag, ihn durch Teseo Parenti zu ersetzen?«

Cantalamessa verdrehte einen Moment lang die Augen, mit der typischen Resignation eines Mannes, der sich alltäglich mit Künstlern herumschlagen muss und speziell mit Dirigenten.

»Nein, das kam vom Intendanten, Herrn Bentrovati. Parenti hat immer für eine andere Kompanie gesungen, die von Rossi. Ich kannte niemanden von da persönlich, und zu wichtigen Anlässen ziehe ich nur Leute heran, die ich sehr gut kenne.«

»Dann waren Sie nicht damit einverstanden, Parenti als Angelotti singen zu lassen?«

»Eigentlich war keiner in der Kompanie damit einverstanden.« In Cantalamessas Stimme schlich sich fast unmerklich ein anderer Ton. »Sehen Sie, Herr Leutnant, auf dem Theater ist man abergläubisch. Und Teseo Parenti ging seit Langem ein schlechter Ruf voraus.«

»Und daran haben Sie geglaubt?«

»Ich glaube an das, woran meine Künstler glauben, Herr Leutnant.«

Über das Gesicht des Leutnants, der ja ebenfalls Menschen zu führen hatte, glitt ein unwillkürlicher Ausdruck der Missbilligung, was Cantalamessa nicht entging.

»Haben Sie schon mal versucht, mit einem Opernsänger vernünftig zu reden? Ich tue das schon lange nicht mehr. Stattdessen sorge ich dafür, dass sie ihr Bestes geben. Das ist meine Arbeit. Auf der Bühne soll nichts Violettes zu sehen sein? Na, dann verschwindet es auch aus dem Wappen des Hauses. Und wenn ich es persönlich abschaben muss. Teseo Parenti soll nicht mitspielen? Dann verwehre ich jedem, der Parenti heißt, den Zutritt zum Theater, ob blutsverwandt oder nicht.«

»Gab es denn jemanden, der an Parentis schlechten Ruf nicht glaubte?«

»Ironie des Schicksals, ja. Ruggero Balestrieri. Der hatte dafür aber auch seine Gründe, wie es aussieht.«

»Das Gerücht, Parenti würde Unglück bringen«, begann Cantalamessa, »geht auf eine Reihe von Missgeschicken zurück, die sich vor einigen Jahren am Königlichen Theater in Parma ereigneten.«

»Ich bin darüber im Bilde.«

»Aber Sie wissen vermutlich nicht, Herr Leutnant, dass Balestrieri dafür verantwortlich war.«

Cantalamessa wiegte langsam das Haupt und setzte dann erneut an, den Blick auf seine Hände gerichtet:

»Balestrieri war es, der absichtlich die Kerzenflamme an Parentis Nacken vorbeiführte, sodass seine Perücke Feuer fing. Und Balestrieri war es auch, der jemanden dazu überredete, sich auf dem Abort zu verstecken und die Spülung zu betätigen, als Kontrapunkt zum Auftritt des Komturs.«

Der Leutnant schwieg, und Cantalamessa schloss:

»Beides hat er mit seiner üblichen Großspurigkeit beim Abendessen erzählt, nachdem sich die Kompanie gegen die Aufnahme Parentis ausgesprochen hatte.«

»Aber warum?«

»Aus Geldgründen, Herr Leutnant. Balestrieri war ein gieriger Mensch, und Rossis Kompanie machte damals schwere Zeiten durch. Das war allen bekannt und wurde auch akzeptiert, außer von Balestrieri, der hat am fraglichen Abend auch über Rossi gespottet und ihn einen Pfennigfuchser genannt. Er ging sogar so weit zu behaupten, Rossi habe die Geburt seiner Kinder so arrangiert, dass er ihnen keine Geschenke machen müsse.«

»Wie war das gemeint?«

»Wahrscheinlich sprach er von Paolo Rossis Erstgeborenem, Silvestro. Der kam an einem 31. Dezember zur Welt, und es ist nicht ausgeschlossen, dass Paolo ihm zu Weihnachten und zum Geburtstag zusammen etwas schenkte.«

»Könnte das keine Angeberei gewesen sein? Ich meine, Balestrieris Gerede über den Streich. Vielleicht wollte er sich über den Aberglauben der anderen lustig machen?«

»Das glaube ich nicht, nein. Pierluigi Corradini, der Waffenmeister, hat mir als plausibel bestätigt, was Balestrieri erzählte. Sie waren damals Kollegen, und schon damals konnten sie einander offenbar nicht ausstehen. Und dann ...«

»Ja?«

»Herr Leutnant, ich kenne meine Pappenheimer. Und Ruggero kenne, das heißt, kannte ich sehr gut. Ich bin mir sicher, dass er die Wahrheit sagte.«

»Verstehe. Um auf die ursprüngliche Frage zurückzukommen, Sie kannten Ruggero Balestrieri also gut. War er schon lange für Sie tätig?«

Cantalamessa bewegte den Kopf knapp von rechts nach links.

»Ruggero war ein renommierter Künstler, Herr Leutnant. Er hätte sich niemals für eine einzelne Kompanie verpflichten lassen. Sänger wie er werden für eine Hauptrolle engagiert, ob auf dem Theater oder bei Einzelaufführungen, die landesweit Beachtung finden.«

»Und die andere Hauptdarstellerin, Giustina Tedesco? Seit wann kennen Sie die?«

»Giustina ist seit nunmehr drei Jahren fest bei der Kompanie. Sie hat blutjung als Chorstimme angefangen, aber dann bald bewiesen, dass sie zu Höherem berufen ist.«

»Völlig einverstanden. So tragisch dieser Abend war, ich habe sie heute singen hören, und ich muss sagen, sie verfügt über erstaunliche stimmliche Fähigkeiten. Fortan kann es für sie nur hoch hinaus gehen.«

War es Eifersucht oder Sorge, was da kurzzeitig über das Gesicht des Impresarios zog?

»Apropos, Herr Leutnant, wie geht es Giustina?«

»Weshalb so besorgt?«

»Ach, sie ist eben eine meiner besten Mitarbeiterinnen. Würden Sie sich da keine Sorgen machen?«

Doch, die mache ich mir. Ich weiß nicht, warum, aber du willst mir nicht verraten, dass sie deine Frau ist. Du behinderst die Ermittlungen und gehst auch noch mit ihr ins Bett. Das sind schon zwei Gründe, dich auf dem Kieker zu haben, Herr Bartolomeo Cantalamessa.

»Hatten Frau Tedesco und Balestrieri schon bei einer anderen Produktion zusammen gesungen?«

»Das ist vorgekommen, ja. Zweimal bestimmt.«

»Sie kannten sich also gut?«

»Sie hatten sofort einen guten Draht, ja. Hauptsächlich in politischen Fragen. Giustina ist Idealistin, und Balestrieris radikale Ansichten verfehlten ihre Wirkung nicht. Ich musste sie diesbezüglich mehrmals zur Ordnung rufen. Eine junge Hoffnung kann schnell scheitern, wenn sie den Exaltierten und ihrem Gerede auf den Leim geht.«

»Interessierte sich Fräulein Tedesco nur für Balestrieris politische Ansichten?«

»Was soll das heißen?«

»Wie alt ist Giustina Tedesco, Herr Cantalamessa?«

»Seit Kurzem einundzwanzig.«

»Und wie alt sind Sie, Herr Cantalamessa?«

»Dieses Jahr fünfzig.«

»Das ist ein ziemlicher Abstand unter Eheleuten.«

Cantalamessa starrte den Leutnant an, der seinen Blick erwiderte.

Klein und stämmig, mit restlos weißen Haaren und dem halbrunden Schmerbauch dessen, dem jede Ausrede recht ist, um eine Flasche Champagner zu entkorken, wirkte Cantalamessa durchaus wie ein Kaufmann. Doch hinter dieser Fassade steckte vermutlich ein intelligenter Mensch, wenn auch einer, der sich zuweilen einbildete, alle anderen seien Dummköpfe.

»Wissen Sie das von ihr?«

»Woher unsere Informationen kommen, hat Sie nicht zu interessieren. Eines ist klar, Sie« – der Leutnant deutete, um Missverständnisse auszuschließen, mit dem Finger auf den Impresario – »hielten es bis eben noch für ange-bracht, mir das zu verschweigen.«

»Sie haben recht. Das war anmaßend von mir.«

»Waren Sie auch gelegentlich eifersüchtig?«

Für einen Moment schien Cantalamessa bei dieser Frage drauf und dran, in Wallung zu geraten; dann wandte er den Blick vom Leutnant ab, sah aus dem Fenster und sagte leise:

»Bei einer so jungen Ehefrau ist das, wie ich mittlerweile weiß, unvermeidlich.«

»Besonders wenn sie sich im Vorfeld eines wichtigen Auftritts mit einem Tenor zurückzieht, der jünger ist als ihr Mann?«

Der Impresario bestätigte das, indem er nicht widersprach, den Blick weiter nach draußen gerichtet.

»Und wenn ich Ihnen sagte, dass die heimlichen Treffen mit dem Tenor Balestrieri nicht der Liebe dienten, sondern dem genauen Gegenteil?«

Der Impresario ging langsam wieder dazu über, ins Zimmer zu schauen.

»Ihre Frau steckte mit Ruggero Balestrieri unter einer Decke, aber nur im übertragenen Sinne: Die beiden wollten einen Volksaufstand herbeiführen, indem sie auf der Bühne den Tod des Tenors simulierten.«

Diesmal starrte der Impresario den Leutnant an, als wären ihm Antennen aus den Ohren gewachsen (allein die Antennen hätten anno 1901 für Erstaunen gesorgt).

»Durch den Tod Balestrieris, eines bekannten Anarchisten, auf offener Bühne – und das auch noch in Anwesenheit Seiner Majestät – sollten die Gemüter entzündet werden, auch dank der Mitwirkung einiger polizeilich bekannter Gewalttäter, ein Funken, der sich zu einem Feuersturm des Protests ausweiten sollte.«

»Und Giustina …«

»Hatte sich mit Balestrieri abgesprochen. Die beiden haben das alles in den Tagen vor der Premiere organisiert.«

War ich ein Idiot, sagte Bartolomeo Cantalamessas Blick.

Leutnant Pellerey ließ ihn eine Weile lang über diesen Aspekt nachdenken, bevor er abermals das Thema wechselte.

»Wie kam es, dass ausgerechnet Sie im Erschießungskommando mitspielten, Herr Cantalamessa?«

»Uns sind ein paar Statisten ausgefallen. Wegen einer Fischvergiftung, anscheinend hatten sie am Vortag bei einigen Wildanglern eingekauft.«

»Und da sind Sie spontan eingesprungen?«

»Wie schon gesagt, ich habe häufig Lücken zu stopfen.«

»Verstehe. Hätten wir also Sie und den Waffenmeister. Wie haben Sie die anderen beiden Statisten aufgetrieben?«

»Das war wieder Bentrovati. Ich muss sagen, er ist da sehr tatkräftig. Ich musste mich um nichts kümmern. Ich weiß noch nicht einmal, wie die Burschen heißen.«

»Einer der beiden Namen wird Ihnen nichts sagen. Antonio Proietti.«

»Aha. Und was ist mit dem anderen?«

»Der andere dürfte Ihnen bekannt sein. Ihr vierter Mann heißt Teseo Parenti.«

Wenn das keine echte Überraschung war, hatte auch Bartolomeo Cantalamessa seinen Beruf verfehlt.

2π

Alle Menschen essen, Musiker eingeschlossen.

Mehr noch, unter den Künstlern sind die Musiker wahrscheinlich diejenigen, die den Gaumenfreuden am meisten Bedeutung beimessen. Nicht wie die Dichter, jene tristen Gestalten, aus deren selbstbezüglichen Reihen ein Lord Byron hervorsticht, der, anstelle Mahlzeiten einzunehmen, Wasser und Essig schlürfte; unter den Musikern hingegen finden wir Sanguiniker, die, wenn sie sich's erst am Tisch bequem gemacht haben, kein Pardon mehr kennen. So wie Giuseppe Verdi, der noch eine Woche vor seinem Tod im Alter von siebenundachtzig Jahren im Hotel Milan saß und Achtgängemenüs verzehrte. Oder Gioacchino Rossini, der bei den Pariser Köchen ein derartiges Ansehen genoss, dass in jedem Luxusrestaurant der französischen Hauptstadt ein Tisch frei gehalten wurde, falls der Maestro womöglich auftauchte.

Kurzum, in der Musik mag sich die Romantik bis ins Jahr 1910 erstrecken, aber wenn es ums Essen geht, sind Musiker bodenständige Leute, die herzhaft zugreifen.

Im Regelfall essen Operndarsteller unmittelbar nach Ende der Aufführung, denn das Zwerchfell ist ein heikler Apparat, dem die Verdauung nicht wenige Beschwerden bereiten kann. Mit vollem Magen gerät das hohe C eher mäßig.

Diesmal freilich hatten sich einige der Bühnenkünstler wegen der Ermittlungen nicht zu Tisch setzen können, und gegen ein Uhr morgens deutete Bartolomeo Cantalamessa ein gewisses Magenknurren an – er habe seit zwölf Stunden nichts zu sich genommen.

Deshalb ließ Leutnant Pellerey, während er mit den Vernehmungen fortfuhr, die verhafteten Personen sowie die Zeugen (den jeweils Befragten ausgenommen) im Probensaal versammeln. Dort wurde, so gut es ging, ein langer Tisch gedeckt, und aus dem Caffè dell'Ussero brachte man Nudeln, Braten, Kartoffeln und Wein. So trat Balestrieris Tod für eine halbe Stunde in den Hintergrund, und man kaute, schlürfte und führte Gespräche, die sich ums Essen drehten. Denn in Italien ist es – wie in Europa vielleicht nur noch in Portugal – weder selten noch verpönt, bei Mahlzeiten vom Essen zu reden. Im Gegenteil.

Und da wir es hier mit einer Mahlzeit unter Musikern zu tun haben, war nahezu unvermeidlich, dass die Rede auf Rossini kam.

»Trüffel, sagen Sie?«

»Ohne jeden Zweifel. Rossini hatte eine Vorliebe für spanischen Schinken und liebte auch neapolitanische Makkaroni, aber sein wahres Verlangen zielte dorthin.«

Maestro Malpassi wog wissend das Haupt.

»Das stimmt, das stimmt voll und ganz«, bestätigte er. »Gioacchino selbst sagte mir einmal, er habe nur dreimal im Leben geweint: Als bei der Premiere des *Barbiers von Sevilla* gepfiffen wurde, als er Paganini spielen hörte und als ihm bei einer Bootsfahrt ein getrüffelter Truthahn ins Wasser fiel.«

»Kaum zu glauben«, sagte Giustina Tedesco.

»Seien Sie versichert, ich habe es mit eigenen Ohren gehört.«

»Ich meinte das mit dem *Barbier*, Maestro. Undenkbar, dass sich die Leute erlaubten, ein solches Meisterwerk weniger als wundervoll zu finden ...«

»Und doch war es so.« Malpassi breitete die Arme aus. »Dafür gibt es auch einen Grund.«

»Vorsicht, Maestro«, sagte Cantalamessa. »Giustina ist eine geradezu fanatische Rossini-Anhängerin. Das mag daran liegen, dass sie aus demselben Landstrich kommt wie er, oder auch an seiner Vorstellung vom Belcanto, jedenfalls sollten Sie ihren Rossini nicht anrühren, sonst zerkratzt sie Ihnen das Gesicht.«

»Und mit Recht«, antwortete die junge Frau, wobei eine klare dialektale Färbung ihre Herkunft aus den Marken zu erkennen gab. »Wie kommt man dazu, beim *Barbier von Sevilla* zu pfeifen?«

»Ach, das war doch eine reine Inszenierung. Bekanntlich kamen die Pfiffe von den Parteigängern Paisiellos. Rossini hatte sich herausgenommen, eine Oper zu komponieren, die bereits vom König der Opera buffa in Noten gesetzt worden war, und das empfanden sie als Affront. Zudem war Rossini in einem violetten Anzug ins Theater gekommen, mit goldenen Knöpfen noch dazu, was beim Publikum für einigen Unmut sorgte.«

»Ah, deshalb verehren Sie ihn so«, bemerkte Corradini mit einer gewissen Boshaftigkeit, während er ein Stück Braten in winzige Stückchen schnitt. Ragazzoni, der rechts von ihm saß, hatte sich eine ähnliche Portion gerade im Ganzen in den Rachen geschoben. »Ein Mann, der abergläubische Vorstellungen so offen herausfordert, ist ja das perfekte Pendant zu einer, die das Glück hat, in solcher Gestalt wie Sie zur Welt gekommen zu sein.«

»Was wollen Sie damit sagen?«

»Na, Sie haben sich ja auch gegen das Engagement Teseo Parentis ausgesprochen – mal sehen, ob ich Ihre genauen Worte noch hinbekomme: ›Wer will schon mit diesem Unheilbringer zu schaffen haben.‹ Doch auch Sie sind mit einer Eigenschaft geboren«, fuhr Corradini fort, während sein Blick wider Willen zum formidablen Dekolleté der Sopranistin hinunterglitt, »die nach allgemeiner Ansicht Pech ins Theater bringt.«

»Ich war beileibe nicht die Einzige, die sich gegen Parenti aussprach. Und auch nicht diejenige, die die heftigsten Einwände erhob. Im Übrigen lagen wir wohl kaum falsch, wenn man bedenkt, wie die Sache ausgegangen ist. Und falls Sie Holzkopf genug sind zu glauben, Frauen ganz allgemein würden Unglück bringen, so haben Sie sich im Jahrhundert geirrt. Da wären Sie besser im alten Rom zur Welt gekommen, Herr Corradini, oder noch besser, im antiken Griechenland. Um einen Recken wie Sie hätten sich sämtliche Regimente von Theben gestritten.«

»Das sei, wie es wolle«, schaltete Intendant Bentrovati sich ein, während der Waffenmeister einen amarantroten Farbton annahm, »der Anzug, den Rossini zur Premiere des *Barbiers* trug, war angeblich nussfarben, nicht violett. Ich kann mir auch kaum vorstellen, dass Rossini eine derart offene Provokation gewagt hätte.«

»Denken Sie das wirklich? Rossini war doch ein geborener Provokateur. Und damals gerade vierundzwanzig Jahre alt.« Der Impresario Cantalamessa zeichnete mit einer soßenverschmierten Gabel einen Schnörkel in die Luft. »Warum sollte so einer davor zurückschrecken, im violetten Anzug im Theater aufzutauchen? Im Übrigen hat sich Rossini vom Tage seiner Geburt bis zu seinem Tod über den Aberglauben lustig gemacht. Das ist nicht jedermann gegeben, an einem Freitag dem 13. zu sterben, und das, nachdem ...«

»Ganz richtig«, fiel Ragazzoni ihm ins Wort, der mittlerweile satt und vor allem auch hackedicht war und sich einen Dreck darum scherte, dass der Impresario seine Ausführungen noch nicht beendet hatte. »Und seine Scherze hatten einen ganz eigenen Charme. Haben Sie schon mal von seinem pianistischen *Caprice style Offenbach* gehört?«

Der Impresario Cantalamessa, den die Unterbrechung kein bisschen zu stören schien, unterdrückte ein lautes Lachen und nickte eifrig mit dem Kopf. Dieser Bursche war unvermittelt aufgetaucht, hatte sich als Dichter vorgestellt und in weniger als einer halben Stunde eine ganze Korbflasche geleert, aber er machte den Eindruck, dass man sich mit ihm nicht langweilen musste.

»Nein, ich glaube nicht«, antwortete Giustina. »Ich kann mir auch nichts Gegensätzlicheres vorstellen als den Stil Offenbachs und den Rossinis.«

»Ach, Stil ist doch hier ganz anders zu verstehen«, versetzte Ragazzoni und nahm eine Bartsträhne aus dem Mund, an der er bis eben genuckelt hatte, wo schon von Stil die Rede ist. »Sie sind ja noch jung, aber es wird Ihnen aufgefallen sein, dass unter Älteren eine gewisse Neigung herrscht, auf Holz zu klopfen, wenn Offenbachs Name fällt. Sehen Sie, zwischen Rossini und seinen französischen Kollegen bestanden, wie Sie ganz richtig bemerkten, erhebliche Unterschiede. Und deswegen konnten sie einander nicht ausstehen.«

»Genau genommen konnte Rossini darauf pfeifen, er hatte schließlich Erfolg«, übernahm Maestro Malpassi. »Unsere lieben Cousins von jenseits der Alpen dagegen redeten ihn bei jeder Gelegenheit schlecht. Und der vorhin Erwähnte war einer der heftigsten Rossini-Gegner. Sie werden mir nachsehen, wenn ich seinen Namen nicht ausspreche, denn er galt, wie Herr Ragazzoni schon sagte, als Unglücksbringer, und Rossini vergalt es ihm mit Hohn.«

»Mit einem Klavierstück?«

»Ja, mit einem Klavierstück«, bestätigte Ragazzoni. »Sie müssen wissen, Giustina, dass Rossini bei seinem pianistischen Scherz einen speziellen Fingersatz vorgibt. Musik à la Offenbach sei mit dem zweiten und fünften Finger zu spielen, und zwar so.«

Der Journalist formte mit der Rechten die zwei Hörner und klopfte einen virtuellen Triller auf den Tisch. Maestro Malpassi wandte sich Ragazzoni zu und schenkte ihm ein breites Lächeln.

»Sie verstehen offenbar einiges von Musik«, sagte er nach einer kurzen Stille bewundernd, im Gesicht ein anhaltendes Lächeln mit sämtlichen verbliebenen Zähnen, während der Waffenmeister seinen langjährigen Freund mit einer Miene musterte, als hätte er beste Lust, ihm gleich noch ein paar auszuschlagen.

»Das ist das Verdienst meiner Frau«, sorgte Ragazzoni für doppelte Klarheit. »Sie ist eine ganz hervorragende Pianistin.«

»Und Ihre Stimme ist wundervoll ... so einschmeichelnd, so tief. Haben Sie jemals eine Karriere als Sänger erwogen?«

»Gott bewahre«, lachte der Journalist. »Etwas so Schönes wie das Singen zum Beruf machen? Mich schaudert es schon beim bloßen Gedanken. Mich traurig stellen, wenn ich fröhlich bin, oder in Fröhlichkeit ausbrechen, wenn ich am liebsten keinen Menschen sehen und mich nur noch verkriechen würde … Und das vor Zuhörern. Es wäre nicht auszuhalten. Nein, arbeiten muss ich schon für meinen Lebensunterhalt.«

»Sie sprechen von Arbeit«, sagte Corradini. »Nehmen Sie mir's nicht krumm, aber finden Sie das nicht ein wenig dreist? Seit wann ist Dichten Arbeit?«

»Kommen Sie, was machen Sie denn beim Wort ›Dichten‹ für ein Gesicht? Sie schauen ja drein, als hätte man Ihnen Salz in den Kaffee getan. Die einen verdienen sich ihre Brötchen damit, dass sie so tun, als würden sie jemanden füsilieren, oder sie bringen anderen bei, wie ein Pseudopeloton echt wirkt …« – Ragazzoni deutete mit der Spitze seiner Papierkrawatte auf Corradini – »… andere machen eben den Lesern weis, ihre Worte seien wahre und unverfälschte Vertreter der Wirklichkeit. Im Übrigen ist das Dichten nun sicher nicht mein Beruf.«

»Ach, beherrschen Sie noch einen anderen? Außer dem Durchprobieren von Gasthäusern, versteht sich?«

»Das ist ja nun eine sehr respektable Tätigkeit. Und glücklicherweise auch recht beliebt. *Man findet auf der Welt den Gastwirt und den Bauern* …« – Ragazzoni deutete mit dem Löffel auf Corradini – »… *manch einer schießt für Geld, mancher darf Freies mauern.*«

Ragazzoni erhob sich und erklomm seinen Stuhl.

Gewisse Menschen werden mit der Fähigkeit geboren, Aufmerksamkeit zu erregen. Die Stimme spielt dabei eine Rolle, die Haltung, das rechte Maß an Unverfrorenheit und innerer Widersprüchlichkeit; man wird mit dieser Fähigkeit groß, aber man kann sie nicht erlernen, und wer sie hat, schaltet sie offenbar nach Belieben ein und macht andere Menschen zum Publikum, das seine Aufmerksamkeit erst nach Ende der Aufführung wieder anderem zuzuwenden vermag, für gewöhnlich der Frage, was eine derart merkwürdige Gestalt mit Papierkrawatte hervorgebracht haben mag, mit einer saxofonartigen Stimme und einem Körper, der über zwei schier unbegrenzt aufnahmefähige Schwämme verfügt, den einen im Kopf und den anderen in der Leberregion.

Und diese Gestalt wies nun mit der Gestik eines Marktschreiers auf die Stoffreste, die die Theaterschneiderin hatte liegen lassen, und anschließend sogleich auf den Impresario Cantalamessa:

Der Nächste schneidert feine Hosen,
der andere pflückt der Muse Rosen,
sucht Weinbergschnecken auf dem Land,

… kurze Pause, die Arme ausgebreitet, die Handflächen nach oben gekehrt, wie um den Sachverhalt in all seiner Unausweichlichkeit zu unterstreichen:

ich grabe Löcher in den Sand.

Er zeigte mit dem Finger auf sich wie auf einen Missetäter und fuhr fort:

Die Dichter, Seelen ohnegleichen,
ergehen sich in Lob und Jammer,
um Julias Fadheit zu erweichen:
Romeo vor verschlossener Kammer;

indes uns wackere Polizisten
mit Staatsgewalt und klugen Listen
bewahren vor des Mörders Hand;
ich grabe Löcher in den Sand.

Als die Strophe beendet war und die Unterleutnante Fresche und Cornacchione Blicke wechselten, wandte Ragazzoni (der inzwischen vom Stuhl auf den Tisch geklettert war) Augen und Hand von den Soldaten ab und ließ die übrigen Anwesenden wissen, dass sich auch Steinmetze im Saal befanden:

Oft höre ich bei Brot und Wein
von manchem nützlichem Berufe;
nur zu! Haut fleißig Marmorstein
oder beschlagt der Pferde Hufe,

ob ihr in Chioggia Austern sammelt,
in Parlamenten Reden stammelt,
gar Dämme baut für Sturm und Brand,
ich grabe Löcher in den Sand.

Erntet Zichorien oder Lorbeer
und singt dem lieben Gott im Chor Ehr,
hingebungsvoll und mit Verstand;

Ragazzoni trat feierlich einen Schritt nach vorne und schloss triumphal:

ich grabe Löcher in den Sand.

»Haben Sie sich wehgetan?«

Ragazzoni stemmte sich vom Boden hoch und signalisierte dem Intendanten, dass alles in Ordnung sei.

»Nein, nein«, bekräftigte er dann auch verbal, während er von den Knien auf die Füße kam und erleichtert feststellte, dass er sich bei seiner löwenfellartigen Landung aus einem halben Meter Höhe nichts gebrochen hatte – der Tisch hatte sich als einen Schritt zu kurz erwiesen und ihn zu dem unfreiwilligen Versuch veranlasst, zum Abschluss des Vortrags ein Loch ins Parkett zu graben, zusätzlich zu den virtuellen Löchern im Sand. »Schon gut so. Das wird mir helfen, mich nicht zu ernst zu nehmen.«

»Ihr voller Name?«

»Versprechen Sie mir, dass Sie nicht lachen.«

Der Leutnant hob den Kopf.

Das fängt ja gut an.

Schon bei Teseo Parentis Eintreten hatte sich der Leutnant des Gedankens nicht erwehren können, dass der Bass mit seinem Äußeren wohl ziemlich zu kämpfen hatte, wenn er nicht als Pechbringer angesehen werden wollte. Bedauerlicherweise herrscht in der Geschichtswissenschaft Einigkeit darüber, dass der Personal Trainer, vom Stilberater ganz zu schweigen, im beginnenden 20. Jahrhundert noch nicht Teil des Alltagslebens war – die Menschen waren damals einfach zu sehr mit dem Überleben beschäftigt. Und so blieb Parenti nichts anderes übrig, als mit dem Aussehen klarzukommen, das er seiner Mutter und seinem Schneider verdankte: ein hagerer Mann mit der gebeugten Haltung, die man bei einer Bohnenstange häufiger findet, den Kopf eine Halslänge weiter vorne als die Schultern, doch hätte man Parenti gepackt und ihn auf einem Tisch zwangsweise lang gestreckt (wozu man bei seinem Anblick durchaus Lust bekam), so hätte er die ein Meter siebzig nicht überschritten. Ein Paar Hosen mit angehängten Taschen und eine Jacke, deren Zuschnitt wahrscheinlich von einer Tagelöhnerin stammte, die ihrerseits einer wohltätigen Einrichtung entsprungen sein musste (Abteilung »Arme, Einhändige, Blinde«) – das war die stets zu knappe Hülle seiner unglücklichen Gestalt.

»Warum sollte ich lachen?«

»Weil Teseo Parenti nicht mein wirklicher Name ist. In meiner Geburtsurkunde stehe ich als Fridolino Gorgoroni.«

»Verstehe«, sagte der Leutnant aufrichtig. »Dann haben Sie also einen Künstlernamen gewählt.«

»Was hätten Sie denn getan, wenn Ihr Vater Ihnen nicht nur den Nachnamen Gorgoroni vererbt, sondern Sie auch noch auf den Rufnamen Fridolino taufen lässt? Meine Mutter wollte mich nach dem Großvater Francesco nennen, aber als mein Vater aufs Standesamt kam ...«

Leutnant Pellerey stellte das Zuhören ein.

Aus zwei Gründen.

Erstens weil er einen Augenblick lang darüber nachdenken musste, was für irrsinnige Gewohnheiten die Leute beim Benennen ihrer Sprösslinge an den Tag legten.

Da gab es diejenigen, die den Namen ihres eigenen Großvaters wählten, insbesondere wenn es sich um einen Menschen von Charakter gehandelt hatte, offenbar in der lachhaften Überzeugung, die Seele des Urgroßvaters könne sich mitsamt dem Namen übertragen. In Wirklichkeit genügen zuweilen die genetischen Faktoren völlig, umso mehr, wenn Opas Charakter so richtig mies war.

Oder diejenigen, die aus der üblichen Triade Großmutter-Patentante-Patenonkel ein rein weibliches Konstrukt machten, nicht dass jemand beleidigt ist, sonst gibt es nämlich statt eines großzügigen Geschenks, das in die Aussteuer einfließen kann, nur ein Goldkettchen samt Anhänger des heiligen Kaspar, mit dem sich nichts anfangen lässt, als es zu verlieren.

Oder auch diejenigen, die standardmäßig ein »Maria« anfügten und damit seltsam androgyne Unwesen schufen: Orso Maria, Bruno Maria, Corrado Maria und so gottgefällig weiter.

Zweitens ließ Pellerey das Zuhören sein, weil offensichtlich war, dass Parenti noch eine ganze Weile unzusammenhängend weiterjammern würde.

»... auf meiner schriftlichen Abschlussarbeit am Konservatorium stand noch der Name Gorgoroni Fridolino, Sie können sich selbst ausmalen, welche Bemerkungen ich ...«

Einer von der Sorte, für die die Welt aus zwei Teilen besteht: Leuten, die einen auf dem Kieker haben, und einem selbst.

»... Und sie trieben ihre Scherze mit mir, murmelten im Zweivierteltakt ›Gor-go-Ro-ni‹ ...«

Einer, der, gerade weil er keinen Spott erträgt, zur Zielscheibe der gröbsten Scherze wird.

»... Am Anfang meiner Karriere sagte mein erster Impresario, ich solle mir einen weniger lächerlichen Namen suchen ...«

Was nicht allzu schwer gefallen sein dürfte. Na schön, das reicht jetzt.

»Ihr erster Impresario? Meinen Sie Paolo Rossi?«

»Hätte ich doch nie auf ihn gehört, Herr Leutnant. Nein, mein erster Impresario war Sigismondi, der wie ich aus Prato stammte. Danach kam ich zu Rossi.«

»Und Ruggero Balestrieri kannten Sie gut?«

»Fast zu gut.«

»War Ihnen bekannt, Herr ...«

»Nennen Sie mich bitte Parenti, Herr Leutnant. Das ist mir lieber so. Mehr ist mir nicht geblieben von der Zeit, in der ich auf der Bühne stand.«

Dem Leutnant gelang es mit einer heroischen Anstrengung, auf die unübersehbare Abwehrgeste zu verzichten, zu der es ihn drängte, seit dieser Unglücksrabe eingetreten war. Glücklicherweise erinnerte das Pellerey auch daran, mit einem Mindestmaß an Takt vorzugehen. Ihn direkt darauf anzusprechen, dass er seinen Ruf als Pechbringer dem Tenor Ruggero Balestrieri verdankte, wäre wohl kaum angebracht gewesen.

»Ich muss Ihnen einen unglückseligen Abend in Erinnerung rufen, Herr Parenti. Sie wissen vermutlich, wovon ich rede, jener Abend im Königlichen Theater in Parma am 1. Februar...«

»1896, ja, was sonst? Was Dummes kann ja mal vorkommen, aber gleich zwei solche Sachen an einem Abend, das konnte nur mir passieren. Erst fing meine Perücke auf offener Bühne Feuer. Wenn mir das gleich aufgefallen wäre, hätte ich sie mir vom Kopf ziehen und weitersingen können, aber ich habe es erst gemerkt, als mir der Nacken ganz heiß wurde. Da habe ich mich umgedreht und gesehen, wie mich Bertoletto, der den Don Giovanni spielte, mit weit aufgerissenen Augen ansah. Der arme Bertoletto ging übrigens wenig später von uns. Kam in Sanremo unter eine Kutsche, direkt vor dem Casino, in dem er gerade eine beträchtliche Summe gewonnen hatte.«

Der Leutnant nickte heftig und nestelte am untersten Knopf seines Zweireihers, der sich bei der Uniform von 1901, wenn man saß, sehr nah am Schritt befand.

»Dann musste abseits der Bühne irgendein Unglücksrabe die Wasserspülung betätigen, während … Aber entschuldigen Sie, Sie wissen das alles ja schon. Wenn's recht ist, erzähle ich es nicht noch mal. Ich habe mir schon so oft den Kopf darüber zerbrochen …«

»Ich bedauere aufrichtig, Sie damit behelligt zu haben. Aber ich bin gezwungen, Sie zu fragen: War Ihnen bekannt, dass Ruggero Balestrieri die genannten Vorfälle absichtlich provoziert hat?«

»Gewiss doch. Herr Cantalamessa hat es mir eben mitgeteilt, als ich darauf wartete, zur Vernehmung gerufen zu werden. Er glaubte, es würde mir möglicherweise Erleichterung verschaffen. Aber mich am Unglück anderer zu erfreuen ist mir nicht gegeben.«

»In den Tagen vor der Aufführung wussten Sie also noch nichts?«

»Ich hatte keine Ahnung, Herr Leutnant. Sie müssen wissen, Statisten und Sänger proben getrennt voneinander und treffen erst bei der Generalprobe zusammen, jedenfalls meistens. Bedenken Sie auch, dass ich erst in letzter Minute dazugeholt wurde, dem guten Tersilio Bentrovati sei Dank. Um nicht erkannt zu werden, vermied ich jeden Kontakt zur Kompanie, außer bei der Generalprobe und der Aufführung selbst.«

»Und Intendant Bentrovati hatte Ihnen nichts davon gesagt?«

»Nein, kein Wort. Ich glaube, er fürchtete, mich in Verlegenheit zu bringen, aber das ist nur eine Vermutung. Von den drei Personen, mit denen ich neben dem Intendanten Umgang hatte, haben weder der Waffenmeister noch die Bühnentechniker irgendetwas erwähnt. Sie hätten auch gar keine Zeit dazu gehabt, es sollte ja alles zack-

zack gehen. Der Vierte im Bunde, ein junger Kerl, der noch nie auf der Bühne gestanden hatte, musste erst von Grund auf instruiert werden. Dem musste man erklären, dass er sich niemals vor den Tenor stellen darf – der Junge schaffte es immer, sich genau den Platz zu suchen, an dem Cavaradossis Position markiert war –, und Tosca sollte er ja auch nicht im Wege sein, während der Anführer des Pelotons ...«

Eines der Dinge, an denen man einen Lügner erkennt, ist, dass er übertreibt.

Er ergeht sich zu sehr in Einzelheiten.

Beim Versuch, die Leute von seiner Unschuld zu überzeugen, führt er alle möglichen Gründe ins Feld, anstatt einfach zu sagen: Nein, ich war's nicht.

Vor Gericht mag das funktionieren, bei Ermittlungen verfängt es in der Regel nicht.

»Ja, natürlich. Haben Sie jemals ein Gewehr abgefeuert, Herr Parenti?«

Augenscheinlich überrascht von der Frage, sah Teseo Parenti den Leutnant schief an.

»Nein, Herr Leutnant. Noch nicht einmal mit Platzpatronen.«

»Auch nicht bei der Armee?«

»Ich wurde nicht eingezogen, Herr Leutnant. Als einziger Sohn einer Witwe. Wissen Sie, mein armer Vater...«

»Schon gut, Herr Parenti. Sie können ... ist alles in Ordnung, Herr Parenti?«

»Es ist nichts«, antwortete der Sänger, der beim Zurechtrücken seines Stuhls das Gesicht verzogen hatte. »Nur leichte Schulterschmerzen. Dieses schreckliche Klima ... Ich frage mich ja ...«

Und während Parenti sich fragte, wie Leopardi dazu gekommen war, die Luft von Pisa gesundheitsfördernd zu finden, bei all der Feuchtigkeit, die ihm als Sänger unverzüglich auf die Kehle schlug, sah Leutnant Pellerey kurz zu Unterleutnant Fresche hinüber, und der wiederum, an stillen Gehorsam gewohnt, antwortete mit einem bestätigenden Blick.

Der durchschnittliche Operntenor wiegt zwischen sechzig und siebzig Kilogramm, wenngleich man gelegentlich auch Exemplaren begegnet, die mehr als hundertzwanzig auf die Waage bringen. Der Tenor Balestrieri wog pi mal Daumen siebzig Kilo. Ein aus zehn Metern Entfernung abgefeuertes Projektil, das ihn durch die Gegend geschleudert hatte, als hätte ein Rammbock ihn vor den Solarplexus gestoßen (oder ein Wildschwein ihm die Weichteile durchbohrt, falls das werte Publikum nach all diesen Jugendstilmätzchen einen blutrünstigeren Vergleich bevorzugt), ein solches Projektil musste über eine beträchtliche Durchschlagskraft verfügen.

Da in der Natur jede Aktion eine ebenso starke Gegenreaktion hervorruft, musste dieselbe Kraft zwangsläufig auch in die umgekehrte Richtung gewirkt haben, zunächst auf das Gewehr und dann unweigerlich auf die Schulter des Schützen, widrigenfalls die Waffe auf die Parkettplätze zugeflogen wäre und womöglich gar die Witwe Trotti verletzt hätte, vorne in der ersten Reihe. Ein erfahrener Schütze weiß den heftigen Rückstoß eines Gewehrschusses abzufangen, selbst bei großkalibriger Munition; einer, der noch nie geschossen hat, zumal mit der Konstitution eines Parenti, läuft ernsthaft Gefahr, sich die Schulter auszurenken. Und Parenti, kaum mehr als ein Sack Knochen mit einem Gewicht von dreißig Kilogramm, bei nasser Kleidung, wohlgemerkt, hatte unübersehbar Probleme mit der rechten Schulter. Was vor Gericht nicht viel heißen mochte, im Rahmen der Ermittlungen aber durchaus relevant erschien.

»Gut, Parenti, Sie können gehen. Moretti!«

Gebrüllt, getan: Unterleutnant Moretti trat ein, schloss die Tür und wartete.

»Moretti, begleiten Sie Herrn Parenti hinaus, und bringen Sie mir Proietti.«

»Ihr vollständiger Name?«

»Antonio Amilcare Gaetano Proietti«, antwortete der junge Mann, der ausgesprochen nervös wirkte.

»Ein ungewöhnlicher Familienname«, sagte der Leutnant, um dem Jungen seine Befangenheit zu nehmen, was ihn jedoch nur in noch größere Verlegenheit stürzte.

»Eigentlich kommt Proietti, soweit ich weiß, recht häufig vor«, antwortete er mit einer Miene, als fragte er sich, ob es vielleicht auch eine Straftat sein könne, wenn man Proietti heißt.

»Natürlich. Ich fand nur auffällig, dass jemand mit einem Nachnamen, den man typischerweise im Latium findet, einen ganz anderen Akzent hat ... aus Umbrien vielleicht?«

Nicht, dass der Leutnant ein Meister im Erkennen von Akzenten gewesen wäre. Aber er hatte gerade zwei Tage unter Opernsängern verbracht, also unter Leuten, deren Diktion äußerst ausgefeilt und künstlich toskanisierend war. Und der Akzent des Jungen erinnerte ihn an etwas.

Zu einer Zeit, in der es noch kein Fernsehen gab, fand

man das Italienische in Büchern, nicht aber in Mund und Ohr. Die Leute waren oftmals wenig vertraut mit den Dialekten anderer Regionen, Dantes Heimat ausgenommen. Abhandlungen über die Sangeskunst empfahlen daher gerne, in korrektem Toskanisch zu artikulieren. Giovanni Battista Mancini präzisierte in seinem *Manuale pratico di canto figurato*, der Sänger habe auf »Florentinisch zu singen, mit Sieneser Aussprache und der Anmut, die man in Pistoia findet«. Mehr als einer hatte dies für bare Münze genommen, sodass nun zahlreiche Opernsänger einen toskanischen Tonfall an den Tag legten, der einem so übel in den Ohren klang, wie es nur der eigene Dialekt vermag, geradebrecht von jemandem, der keine Ahnung hat.

»Nicht ganz. Ascoli Piceno.«

Aha. Ascoli Piceno. Wie Unterleutnant Moretti. Immerhin scheint der Bursche hier ein wenig heller zu sein. Na gut, versuchen wir noch einmal, dem armen Kerl aus seiner Verlegenheit zu helfen.

»Wie alt sind Sie, Herr Proietti?«

»Bald einundzwanzig.«

»Bald einundzwanzig«, lächelte der Leutnant. Mit seinen siebenundzwanzig Jahren hatte er das Gefühl, einer anderen Generation anzugehören. »Ein Nachname aus Latium, ein Akzent aus Ascoli und so jung schon in Pisa.«

»Ich bin hierhergekommen, um die Universität zu besuchen.«

»Und was studieren Sie?«

»Physik. Ich bin Internatsschüler an der Scuola Normale.«

»Kompliment«, sagte Leutnant Pellerey und meinte es auch so. »Ist nicht leicht, dort zugelassen zu werden.«

Der Leutnant wusste das nur zu gut, hatte er sich doch vor Jahren an der Zulassungsprüfung für Naturwissenschaften versucht und war mit Pauken und Trompeten durchgefallen.

»Sich zu halten auch nicht«, sagte der Junge, dessen Stolz sich allmählich hinter der Nervosität hervorwagte. »Da muss man im Durchschnitt eine Siebenundzwanzig haben, darf bei keiner Prüfung unter Vierundzwanzig bleiben, dazu kommen die schulinternen Prüfungen und Kurse ...«

»Und da finden Sie noch Zeit, Theater zu spielen?«

Erneut schien dem Jungen seine Nervosität den Hals zuzuschnüren.

»Ich gebe mir eben Mühe, für meinen Unterhalt aufzukommen. Ich suche mir die eine oder andere kleine Arbeit, wie das viele tun. Zum Glück hat man an der Scuola Normale freie Kost und Logis, und Studiengebühren sind keine zu entrichten, sonst könnte ich mir nicht leisten, das Studium fortzusetzen. Wissen Sie, meine Familie ist nicht gerade auf Rosen gebettet. Meine Mutter ist alleinstehend, und bei vier Geschwistern ...«

Schon recht. Ich habe mir gerade eine Stunde lang den anderen Unglücksraben angehört, diesen Parenti, mein Soll an fremdem Lamento ist für heute erfüllt.

»Ich weiß, dass Sie kein geübter Schauspieler sind. Herr Parenti erzählte mir eben, Sie hätten Schwierigkeiten gehabt, sich auf der Bühne korrekt zu platzieren.«

»Ja, schon. Ich dachte, bei einem Erschießungskommando müssten alle nebeneinander Aufstellung nehmen, und da habe ich mich spontan so hingestellt. Caravelli hat sich ziemlich geärgert.«

»Caravelli? Wer ist das?«

»Der Regisseur.«

»Und der Regisseur legt fest, wer wo zu stehen hat?«

»Oh ja.«

Kurz zuvor war Leutnant Pellerey der festen Überzeugung gewesen, Opernregisseure seien faule Schnorrer, die
niemals freiwillig ein Feld bestellt hätten. Nun war er zum
ersten Mal in seinem Leben für die Existenz eines Regisseurs dankbar, wer auch immer das hier sein mochte.

»Woher wussten Sie, welche Position Ihnen auf der
Bühne zugedacht war?«

»Die Bühnentechniker hatten Markierungen angebracht, um jedem von uns die genaue Stelle anzugeben.«

»Nur Markierungen? Also einfache Kreuze?«

»Für uns ja. Für Cavaradossi hatten sie die Position bei-
der Füße markiert.«

»Warum diese Unterscheidung?«, erkundigte sich der
Leutnant, einfach um irgendwie weiterzufragen und nicht
zu frohlocken wie ein Hooligan – da hatte er mehr als
Schwein gehabt, das war eine ausgewachsene Wildsau.

»Wir Statisten, Herr Leutnant, stehen mit dem Rücken
zum Publikum. Cavaradossi steht frontal davor. Für diesen
hochdramatischen Moment wollte Caravelli, dass ihn das
Scheinwerferlicht in angemessener Weise beleuchtet. Die
Darsteller werden ja stark geschminkt, und damit das die
gewünschte Wirkung hat, muss das Licht direkt auf ihre
Gesichter fallen und aus einem bestimmten Winkel kommen. Sehen Sie, wenn der Winkel auch nur um ein Grad
abweicht, kann das schon ausreichen, damit die Licht-
stärke, die bekanntlich vom Einfallwinkel abhängt sowie
vom Quadrat der ...«

Um Himmels willen, eine Physikvorlesung à la Scuola Normale hat mir gerade noch gefehlt.

»Ich habe schon verstanden. Fiele das Licht schräg auf ihn, würde Cavaradossi aussehen wie ein aufgedonnertes Weibsbild und nicht wie ein Maler.«

»Ja, mehr oder weniger«, gab Proietti sein Vorhaben auf.

»Und das Erschießungskommando war aus demselben Grund in dieser eigenwilligen Fächerform platziert, mit deutlichem Abstand zwischen den einzelnen Schützen?«

»Genau. So, dass das Peloton mit dem Rücken zum Publikum stand, aber man von jedem Sitz im Parkett den Protagonisten im Blick hatte.«

»Hatten Sie je zuvor mit einem Gewehr geschossen, Herr Proietti?«

»Nein. Also, nur bei den Proben. Dürfte ich Ihnen eine Frage stellen?«

Normalerweise nicht, aber weil du's bist.

»Bitte sehr.«

»Also, ich war keine fünf Meter von ... Das heißt, äh, könnte es einer von uns gewesen sein, wenn sein Gewehr scharf geladen war?«

»Sie meinen, könnte jemand das Gewehr ohne Ihr Wissen scharf geladen haben, und Sie hätten deshalb einen anderen Menschen erschossen?«

»Ja, genau.«

»Das wäre eine Möglichkeit, Herr Proietti.«

Der Junge wurde blass. Und Leutnant Pellerey, dem es durchaus Vergnügen bereitet hatte, einen Arm um Giustina Tedesco zu legen und sie aus ihrer Ohnmacht zu holen, hegte nicht die geringste Absicht, einen wohlgenährten jungen Mann von einem Meter und neunzig vom Boden aufzulesen.

»Aber eine nur sehr entfernte Möglichkeit«, setzte der Leutnant in einem Ton hinzu, der hoffentlich überzeugend wirkte. »Wie Sie vorher richtig bemerkten, macht es auf einige Meter Abstand enorm viel aus, wenn man den Einfallwinkel eines Lichtstrahls auch nur um wenig verändert. Dasselbe gilt für ein Gewehr. Wenn Sie den Schusswinkel um ein Grad ändern, was einem Durchschnittsschützen leicht unterlaufen kann, so ergibt sich auf fünf Meter eine Zielabweichung von etwa einem halben Meter. Das Schießen, Herr Proietti, ist weniger leicht, als es aussieht.«

Der Junge senkte den Blick. Trotz der ausführlichen und quantitativ untermauerten Erklärung wirkte er nicht sehr überzeugt.

»Gut, Herr Proietti, das wär's für das Erste. Haben Sie die Güte, noch einen Moment zu warten.«

Leutnant Pellerey nahm ein Blatt vom Schreibtisch und schrieb in tadellosen Lettern:

Die Bühnentechniker ausfindig machen. Sich die Zeichen erklären lassen, die mit Kreide auf die Bühne gemalt wurden, um die Position der vier Mitglieder des Erschießungskommandos sowie den Standpunkt des Tenors zu markieren. Die Positionen möglichst genau ausmessen, mit besonderem Augenmerk auf die Position der Füße. Den Winkel berechnen, in dem diese zur Bühne standen. Die Messungen von zwei verschiedenen Personen separat durchführen lassen, um Fehler auszuschließen.

Er faltete das Blatt zusammen und übergab es Unterleutnant Moretti.

»Bringen Sie das hier zu Unterleutnant Cornacchione. Danke.«

Als er mit Unterleutnant Fresche allein war, nahm sich der Leutnant ein weiteres Blatt.

Eindrücke, denen weiter nachzugehen ist.
Antonio Proietti. Kannte das Opfer nicht. Kein geübter Schütze. Verhält sich nicht unkooperativ, verwickelt sich auch nicht in Widersprüche, ist nur begreiflicherweise nervös. Unwahrscheinlich, dass er etwas mit der Sache zu tun hat.
Pierluigi Corradini. Kannte den Ermordeten und hegte eine tiefe Abneigung gegen ihn. Wahrscheinlich aus persönlichen Gründen, denen noch auf den Grund zu gehen sein wird.
Behauptet, die Waffen eigenhändig geladen und sie dann nicht mehr aus den Augen gelassen zu haben – zu überprüfen. Als Waffenmeister ohne Zweifel ein geübter Schütze.
Im Augenblick der Exekution ist ihm etwas aufgefallen, das er jedoch nicht preisgibt.
Bartolomeo Cantalamessa. Kannte den Ermordeten, schätzte ihn nur als Künstler. Stand ihm ansonsten wegen einer vermeintlichen Affäre mit seiner Frau feindselig gegenüber – denkbares persönliches Motiv. In einigen Aspekten nicht kooperativ. Nach Angaben des Waffenmeisters ein geübter Schütze.
Teseo Parenti. Kannte den Ermordeten. Hatte tief

*gehende und nachvollziehbare Gründe, ihn zu hassen –
er hatte seine Karriere zerstört. Behauptet, vor der Aufführung nichts von der Rolle gewusst zu haben, die das
Opfer bei seinem Unglück spielte, was allem Anschein
nach gelogen ist. Anzeichen einer Anfängerverletzung
durch den Gebrauch eines Gewehrs – aber das muss noch
nichts heißen.*

Da klopfte es an der Tür.

»Herein!«, antwortete der Leutnant.

Na so was, Moretti hat seinen Wachposten verlassen, da
muss man etwas unternehmen.

»Zu Befehl, Herr Leutnant«, antwortete Cornacchione,
einen Mann mit strubbeligem Bart ins Zimmer führend.

»Stehen Sie bequem, Cornacchione. Und Sie sind …«

»Ernesto Ragazzoni«, antwortete der Mann mit einem
so trunkenen wie herzlichen Lächeln. »Sie haben mich
rufen lassen. Erklärt jedenfalls der junge Mann hier.«

Wo habe ich den Typen nur schon mal gesehen?

»Das ist richtig … Cornacchione!«

Cornacchione, der sich in der Tat etwas entspannt hatte,
nahm wieder Habachtstellung ein, so schnell es seine ein
Meter fünfundneunzig zuließen.

»Zu Befehl.«

»Warum haben jetzt Sie Herrn Ragazzoni geholt?«

»Unterleutnant Moretti hatte mich darum ersucht, Herr
Leutnant.«

»Ist jemand vor Ort geblieben, um den Leichnam zu
bewachen, Cornacchione?«

»Nein, Herr Leutnant.«

»Cornacchione, Herr Ragazzoni ist ein erwachsener

Mensch, der keiner Unterstützung bedarf und ohne Weiteres in der Lage gewesen wäre ...« Der Leutnant warf einen Blick auf Ragazzoni, der sturzbesoffen das Bücherregal inspizierte und dabei auf- und abwippte, Spitze-Hacke, Spitze-Hacke, und korrigierte sich: »... irgendwen sonst nach dem Weg zu fragen. Sie hatten eigene Weisungen, Cornacchione.«

»Jawoll, Herr Leutnant. Ich habe die von Ihnen niedergeschriebenen Weisungen ausgeführt, Herr Leutnant. Danach, weil Unterleutnant Moretti mir gesagt hatte, dass ...«

»So, so, Unterleutnant Moretti hat Ihnen etwas gesagt. Was ist Ihr Dienstgrad, Cornacchione?«

»Unterleutnant, Herr Leutnant.«

»Hat Unterleutnant Moretti Ihnen Befehle zu erteilen?«

»Nein, Herr Leutnant.«

»In dem Fall, dass Ihnen ein Befehl Ihres Vorgesetzten vorliegt und außerdem ein Ersuchen eines Gleichrangigen, das dem erhaltenen Befehl widerspricht, was haben Sie da zu tun?«

»Dem Befehl Folge zu leisten, bis neue Weisung kommt, Herr Leutnant.«

»Wie meinen, Herr Ragazzoni?«

»Nichts, nichts«, antwortete der Journalist, der noch bis vor einer Sekunde etwas vor sich hin geträllert hatte, vielleicht ein »*Cor-na-cchio-ne, Cor-na-cchio-ne, so-ein-Name-ist-nicht-ohne*«, immer weiter auf- und abwippend.

»Kehren Sie unverzüglich auf Ihren Posten zurück, Cornacchione«, fuhr der Leutnant fort. »Und informieren Sie Fassina, dass ich in Kürze mit der Vernehmung der Verdächtigen beginnen werde.«

»Fassina ist nicht da, Herr Leutnant.«

Leutnant Pellerey hob gaaaanz langsam den Kopf.

»Was soll das heißen, Fassina ist nicht da? Der bewacht doch die Anarchisten, die wir festgenommen haben?«

»Er ist gegangen, um Hauptmann Dalmasso ein Billett zu bringen, Herr Leutnant.«

»Wer hat ihm diese Weisung erteilt?«

»Das war Unterleutnant Moretti, Herr Leutnant. Er sagte, das sei auf Befehl von Ihnen, Herr Leutnant.«

Pellerey starrte seinen Unterleutnant wie versteinert an, während auch das Zimmer still dalag, eingeschüchtert von der Situation.

»Cornacchione, als Sie eben sagten, Sie hätten meine ›Weisungen ausgeführt‹, meinten Sie damit, Sie hätten einen Untergebenen damit beauftragt, die Messungen vorzunehmen ...« – was mir unmissverständlich schien, wozu sonst notiere ich meine Weisungen im Infinitiv ...– »oder haben Sie sie persönlich ausgeführt?«

»Persönlich, Herr Leutnant. Und weisungsgemäß zusammen mit einem zweiten Soldaten, Herr Leutnant. Ich habe Unterleutnant Moretti hinzugezogen. Er ist auch jetzt noch mit dem Ausmessen beschäftigt.«

Der Leutnant sah sich um.

»Cornacchione, wer bewacht die in Gewahrsam befindlichen Personen?«

»Da bin ich überfragt, Herr Leutnant.«

VON IHREM KORRESPONDENTEN

*Hätte man zu der späten Stunde überhaupt etwas sehen
können, so wäre die Szene, die sich in der vergangenen
Nacht zwischen dem Neuen Theater von Pisa und dem
Hotel Porton Rosso abspielte, vermutlich ein lohnendes
Schauspiel gewesen. Aber die Dunkelheit, die hartnäckige
und habituelle Finsternis, die nach ein Uhr morgens die
Stadt und vor allem ihre Vorstädte einhüllt, verwehrte
uns den Blick, und so können wir lediglich versuchen,
uns auszumalen, was an diesem Ort vor sich ging.
Beteiligt war mehr als eine Person, fast sicher waren es
vier, der Anzahl von Stimmen nach, die man hören
konnte. Der erregte Ton ließ darauf schließen, dass die
Betreffenden dabei waren, etwas Unrechtmäßiges zu tun,
und in dieselbe Richtung wiesen die ständigen Ermah-
nungen zur Vorsicht: Beeil dich, aufpassen, siehst du
wen?, wen soll ich schon sehen, verdammte Scheiße, hier
sieht man die Hand vor Augen nicht, ist doch zappen-
duster, und noch weitere farbige Ausdrücke mehr, die sich
selbst dem aufmerksamsten Zuhörer entzogen, da sie allesamt in einer unzugänglichen Sprache vorgebracht wurden, die – jedenfalls dem ersten Eindruck nach – in eini-
gem an den Dialekt von Carrara erinnerte. Oder, um die
Wahrheit zu sagen, nicht allesamt. Der aufmerksamste
Zuhörer hätte in einer der Stimmen, die ruhig und*

befehlsgewohnt klang, leichte Spuren eines süditalienischen Tonfalls wahrzunehmen gewusst, besonders in den
seltenen, aber nachdrücklichen Momenten, in denen der
Betreffende seine Kameraden als minchioni titulierte –
als Trottel im Jargon jenes Landstrichs.

Aus dem Ton der Unterhaltung sprach nicht nur Erregung, sondern zweifellos auch Erschöpfung, vielleicht
waren die vier (wir bleiben bei dieser Vermutung, obwohl
sich nicht ausschließen lässt, dass einer der Anwesenden
aus irgendeinem Grunde still blieb, sei es, um nicht
gehört zu werden, aufgrund einer körperlichen Beein-
trächtigung oder ob seiner Zugehörigkeit zu irgendeinem
Orden, etwa den Benediktinern), vielleicht also waren
die vier im Begriff, etwas Schweres und Unhandliches zu
transportieren. Auf Letzteres deuteten die häufigen Aus-
rufe hin: Halt fest, pass auf, der fällt gleich runter, he,
nicht so grob, hast du ihn dir richtig aufgeladen?, du
hättest überhaupt nicht erst auf die Welt kommen sollen,
hättest du, jetzt seid mal still, sonst geht's uns gleich an
den Kragen, und weitere solche Mahnrufe mehr.

Der Beobachter, oder besser Belauscher, mochte sich fragen, ob es sich bei dem fraglichen schweren Gegenstand
nicht etwa um einen menschlichen Körper handelte, der
außerstande wäre, sich zu bewegen, zum Beispiel um
einen männlichen Sänger namens Ruggero, zumal häufig zu hören war, wie die eine oder andere Stimme eine
Person dieses Namens adressierte: Mensch, Ruggero, dass
du auch immer so einen Appetit haben musstest, ein
Glück, dass du Gold in der Kehle hattest, Ruggero, alles
andere war ja eher aus Blei, Sakrament, Ruggero, du
hilfst aber auch gar nicht mit, als Lebender nicht und als

Toter schon gar nicht. Trotz all dieser Anwürfe ließ besagter Ruggero sich nicht zu einer Antwort herab.

Die Szene, die der Betrachter durchaus genießen konnte, während sie für die unmittelbar Beteiligten eher mühselig zu sein schien, hielt nicht lange an, sodass eine weitere Beschreibung unterbleiben muss. Denn wenige Minuten vergingen, da erkundigte sich eine der Stimmen mit kurzatmigen, aber klar artikulierten Worten, in aufrichtigem Ton und unterschwellig besorgt, wie viele Drecksmeter es eigentlich bis ans Meer wären. Das merkwürdige Längenmaß war weder dem Beobachter noch dem Rest der Gesellschaft vertraut, doch alsbald wurde die Anfrage ins Dezimalsystem übersetzt und einstimmig beantwortet: Es seien etwa acht Kilometer. Auf diese Auskunft hin beschwor die Stimme mit der süditalienischen Färbung die heilige Mutter Gottes und fragte, ob man nicht irgendein Fortbewegungsmittel hernehmen könnte. Stimmt, wir haben schon eine Leiche gestohlen, da klauen wir uns doch den Karren gleich dazu, sagte eine der anderen Stimmen. Und rundherum kamen Bravorufe, ja, gut so!, wo willst du denn um zwei Uhr morgens mitten in der Stadt einen Karren finden?, ein Handwagen wäre wunderbar, so einer mit zwei Griffen, ja, der wäre genau richtig, den einen Griff haue ich dir auf die Rübe, und den anderen schieb ich dir hinten rein, und weitere Bemerkungen dieser Art, die schriftlich wiederzugeben sich verbietet. Vielleicht hätten auch diese Betrachtungen nicht aufgeschrieben gehört, es sind ja reine Mutmaßungen zu Stimmen in der Nacht, und womöglich sprengt es die Grenzen meines Auftrags und meiner Berufsethik, die Schlüsse zu übermitteln, die ich daraus ziehe.

Ragazzoni seufzte und leerte das Glas mit einer Geste, aus der Genuss und Bedauern zugleich sprachen.

Ja, es ist nicht immer angebracht, Schlussfolgerungen zu übermitteln. Besonders wenn dies in einem Zustand wohliger Trunkenheit erfolgt, der jeden Gedanken an Arbeit unpassend erscheinen lässt und, mehr noch, wenig ratsam.

Dann erschien die Kellnerin mit den roten Haaren, lächelte, wiegte sich in den Hüften und fragte mit Blick auf die leere Flasche, ob man noch Wünsche habe.

Und so begann Ragazzoni über etwas anderes zu fantasieren als die vier Gestalten, die vor einer knappen Stunde unter den Fenstern seines Hotelzimmers vorbeigezogen waren, und der Artikel, den er im Sinn gehabt hatte, versank im endlosen Archiv der unsichtbaren Seiten.

ACHT

Am gestrigen Tag, dem 1. Juni 1901, ermordete eine nie-
derträchtige Hand im Dienste der Macht Ruggero Bales-
trieri, einen Künstler, wie nur ein Anarchist es sein kann,
einen Anarchisten, wie nur ein Künstler ihn zu erträu-
men vermag.
Jene Hand weist nun auf uns als Anstifter zu Gewalt
und Barbarei.
Den Fingern dieser schurkischen und blinden Hand, die
nicht bemerkt, dass sie nur Sklavin einer Macht ist, die
ihr jederzeit den Stock entreißen kann, um ihn einer
anderen Knechteshand zu überlassen, diesen Fingern ent-
schlüpfte heute Nacht der Leichnam Ruggero Balestrieris,
der Freiheit entgegen, die ihm als wahrem Anarchisten
zukommt, der Freiheit, die jeder Anarchist herbeisehnt,
die jeden Anarchisten erwartet.
Der Bestimmungsort blieb derselbe, den man schon
kennt, doch diesmal wirkte eine Freundeshand.

Die Anarchisten von Carrara

Die Anarchisten von Carrara, ging es Leutnant Pellerey
durch den Sinn. Die sich wohlweislich gehütet hatten, mit
vollem Namen zu unterschreiben.

Dabei waren dem Leutnant ihre Namen wohlbekannt.

Bartolo Amidei, genannt Charon, Artemio Cattoni, genannt Barabbas, Renato Brandini, genannt Tamburin, Rosildo Castriota, genannt Tarallo. Ein in strafrechtlicher Hinsicht völlig nutzloses Wissen, da bisher kein konkreter Beweis dafür vorlag, dass sie es gewesen wären, die Balestrieris Leiche entwendet hatten.

Und es gab keinerlei Hoffnung, ihnen auf die Spur zu kommen: Als einzigen Hinweis hatten die vier zwei Schmuckfriese hinterlassen. Nach Angaben des Leiters des Primatialmuseums der Stadt Pisa handelte es sich dabei um einen Sankt Kaspar und einen Sankt Vitale, nach Ansicht Pellereys um zwei offenkundige Beispiele für die Vergeudung besten Marmors.

Mit einem Seufzer blickte Leutnant Pellerey auf das Flugblatt und las es noch ein weiteres Mal, als fürchtete er, den Inhalt zu vergessen. Das wäre gegebenenfalls kein Problem gewesen: In der Stadt wimmelte es nur davon, ein identisches Zweitexemplar hätte sich leicht gefunden.

Dann zerriss der Leutnant das Blatt. Nicht wütend, sondern methodisch, indem er es zunächst der Breite und dann der Länge nach faltete, um es schließlich an den Knickstellen durchzureißen, sauber, entschlossen und unerbittlich. Genau wie es Hauptmann Dalmasso mit seinen Beförderungspapieren tun würde, mit seiner ganzen Karriere.

Zuzulassen, dass am Willkommensabend für den König ein Tenor umgebracht wurde, hatte bereits einen schweren Fehlschlag bedeutet.

Sich den Leichnam unter der Nase wegstehlen zu lassen, war aus Sicht des Leutnants einfach nicht wiedergutzumachen.

Leutnant Pellereys Idee war ziemlich simpel gewesen: Zunächst galt es, die Position des Tenors und der vier Gewehrschützen zu ermitteln, durch eingehende Inspektion des Tatorts und Befragung der Bühnentechniker. Sodann war mittels einer ballistischen Analyse die Flugbahn des Projektils zu bestimmen. Am Ende stünde der Mörder zweifelsfrei fest, alles dank der absurden, aber funktionalen Gestaltung der Szene durch den Regisseur.

Und dank der Unwissenheit des Mörders, der offenbar keine Ahnung hatte, dass es so etwas wie eine ballistische Analyse überhaupt gab, und daher ungeschoren davonzukommen glaubte; was de facto leider hieß, dass Corradini als ehemaliger Soldat nicht zu den Verdächtigen zu zählen war.

Aus dem Fundort der Patronenhülsen ergab sich nicht viel, da konnte er noch so genau markiert sein. Denn auf der Bühne hatte sich in dem Augenblick, in dem der Leutnant dazugekommen war, etwa ein Dutzend Menschen gedrängt, eine Menge Füße also, die, ob absichtlich oder nicht, den Metallabfall von dort wegschubsen konnten, wo er gelandet war. Alle vier Hülsen zu finden stellte sich in dieser Hinsicht als ziemlicher Glücksfall dar, allerdings als nutzloser.

Zur Durchführung der ballistischen Analyse waren deshalb folgende Informationen nötig:

1. Die genaue Position der vier Gewehrschützen sowie Balestrieris auf der Bühne, mit höchster Präzision vermessen durch das Beklopptenduo Moretti & Cornacchione, ausgehend von den Zeichen, mit denen die beiden Techniker Bonazzi & Pomponazzi die jeweiligen Positionen markiert hatten.

2. Die Leiche mit der tödlichen Verletzung, in die dann ein Rohr (oder ein dünner Stab) einzuführen war, und zwar auf der ganzen Länge des Einschusskanals, sodass sich Rückschlüsse auf die Herkunft des Projektils ziehen ließen. Dazu brauchte man die Stange (oder den Stab) nur zu einer imaginären Geraden zu verlängern, die von Balestrieris Wunde direkt an den Punkt führte, an dem das Gewehr abgefeuert worden sein musste.

Besagte imaginäre Gerade war leider in dreierlei Hinsicht imaginär, da

a) eine Gerade ein mathematisches Objekt abstrakter Natur ist, das in der Wirklichkeit nicht existiert;

b) ein Projektil beim Eindringen in einen menschlichen Körper leicht von den Knochen abprallen und im Inneren des Opfers umherirren kann wie eine Flipperkugel, sodass es die Gerade, von deren Existenz der Leutnant ausging, zwar geben konnte, aber nicht musste;

c) sich jemand Balestrieris Leiche unter den Nagel gerissen hatte und die besagte Gerade in der Wirklichkeit wohl zu finden sein mochte, aber wo, zum Henker, blieb unklar.

Betrübt ging der Leutnant an sein Tagwerk. Also daran, noch einmal ganz von vorne anzufangen. Und wenn man eigentlich glaubt, schon fertig zu sein, ist das die denkbar unangenehmste Aufgabe, der man sich stellen kann.

Pellerey dachte an die Vernehmung vom Vorabend zurück und erlaubte sich ein bitteres Lächeln abseits der Dienstvorschriften.

Schön wär's, wenn auch die Vernehmung anders verlaufen wäre.

Schön wär's.

»Schön wär's, Herr Leutnant«, hatte Ragazzoni gesagt. »Schön wär's, wenn ich über die Beobachtungsgabe verfügte, die mir der gute Intendant Bentrovati zutraut. Nein, ich bin schlichtweg ein neugieriger Mensch.«

Natürlich, neugierig auf die Farbe des Flaschenbodens.

»Ich kann Sie nur auf eines hinweisen, Herr Leutnant«, hatte Ragazzoni seine Ausführungen fortgesetzt, »und zwar dass die Geschichten, von denen Sie mir erzählt haben, zweierlei Unstimmigkeiten enthalten, oder besser, wenn Sie verzeihen wollen, zwei offenkundige Unwahrheiten.«

»Wie schön, Herr Ragazzoni. Genau was ich brauche. Ich höre.«

»Gut, dann zu Nummer eins. Sie sagten, der Waffenmeister, ein Herr ... Pierluigi Corradini, nicht wahr?«

»Ja.«

»Pierluigi Corradini hat angeblich die Waffen für die Exekution mit Platzpatronen geladen und sie von da an bis zur fraglichen Szene nicht mehr aus den Augen gelassen. Das kann aber nicht sein, Herr Leutnant.«

»Wieso?«

»Weil ich mit eigenen Augen gesehen habe, wie Herr Corradini die Waffen lud und sie auf einem Gestell ablegte. Und dann hat er sie zwar im Blick behalten, aber nicht die ganze Zeit. Kurz nach der Arie im dritten Akt ging er hinaus und kam nach einigen Minuten zurück. Das war an der Stelle, wo Cavaradossi und Tosca von der Flucht übers Meer sprechen.«

»Wie konnten Sie das alles sehen?«

»Meine Loge, Herr Leutnant, war die erste neben der Bühne. Von dort hatte ich zwar eine furchtbar schlechte

Sicht auf das Schauspiel, dafür aber eine ganz ausgezeichnete auf den Bereich hinter den Kulissen.«

»Corradini hat also die Waffen unbewacht gelassen?«

»Definitiv ja.«

»Hat sich denn jemand anderer daran zu schaffen gemacht?«

»Das kann ich Ihnen leider nicht sagen. Ich habe niemanden gesehen, aber Sie wissen ja, es war mitten im Duett. *Die zarten Hände, ach ... die weißen, kleinen ...*«

»Ja, ja«, fiel ihm der Leutnant ins Wort, ungerechtfertigterweise, da doch auch er wie hypnotisiert gewesen war, als Tosca Cavaradossi mitteilte, sie seien nun in Sicherheit. »Das heißt, Sie wissen nicht, ob sich jemand an den Waffen zu schaffen gemacht hat.«

»Ich kann dazu nur sagen, dass ich niemanden gesehen habe.«

»Und die zweite Unwahrheit?«

»Ach, ja. Sie sagten, der arme ... wie nannten Sie ihn noch, wie lautet Parentis wirklicher Name?«

»Gorgoroni. Fridolino Gorgoroni.«

»Der arme Kerl, das ist schon von Geburt an Grund, sich zu beschweren. Na schön, Parenti, sagten Sie, habe behauptet, vor heute Abend nicht gewusst zu haben, dass Balestrieri ihm damals so übel mitgespielt hat. Aber das kann nicht stimmen. Ich habe vor zwei Tagen selbst gehört, wie ihm der Intendant davon erzählte.«

»Sie waren im selben Raum, als Bentrovati zu Parenti sagte ...«

»Nein, nicht gerade im selben Raum. Der Intendant war mit Parenti in seinem Arbeitszimmer, also da, wo wir uns gerade befinden.«

»Und Sie?«

»Ich stand auf dem Treppenabsatz.«

Der Leutnant warf ein prüfendes Auge auf die schwere Eichentür. Die ihrerseits ein paar Astaugen aufwies, vor allen Dingen aber schwer war. Er hatte das Arbeitszimmer des Intendanten ebendeshalb ausgewählt, weil er wusste, dass eine derart schwere Tür keine Geräusche durchließ.

»Sind Sie sicher, dass Sie da richtig gehört haben?«

»Auf jeden Fall, Herr Leutnant. Ich hatte das Ohr am Schlüsselloch.«

Der Leutnant schrak zusammen. So ist das 1901, man schrickt zusammen. Und dann erzürnt man sich, wie es einem Offizier der Königlichen Wache zu Beginn des kurzen Jahrhunderts gebührt, da flippt man nicht etwa aus wie ein Komparse in einem Er-Monnezza-Film.

Und der Leutnant flippte aus, pardon, erzürnte sich, weil er auf einmal wieder wusste, wo er diesem Mistkerl bereits begegnet war.

Nämlich dort draußen vor der Tür, nach seinem Gespräch mit dem Intendanten Bentrovati über den Tod des Gaetano Bresci.

»Machen Sie das gewohnheitsmäßig?«

»Wie bitte?«, fragte Ragazzoni, der zwischenzeitlich zur Bibliothek des Intendanten abgeschweift war und sich fragte, ob der wohl jemals eines der Bücher aufgeschlagen hatte.

»Versuchen Sie nicht, mich für dumm zu verkaufen«, sagte der Leutnant nun wieder deutlich distanzierter. »Ich spreche von der tadelnswerten und abscheulichen Gewohnheit, fremde Gespräche zu belauschen.«

Ragazzoni schien ins Zimmer zurückzukehren. Im selben Augenblick spürte der Leutnant, wie sein linker Fuß von einem äußerst schmerzhaften Krampf durchzuckt wurde. Wenn sich einer nicht anmerken lassen will, dass er sich geradezu schwarz erzürnt, spannt er häufig jeden nur erdenklichen Muskel an.

»Manchmal kommt das vor. Wissen Sie, in meinem Beruf erzählen einem die Leute oft, was sie geschrieben sehen wollen, und nicht, was tatsächlich passiert ist.«

»Kommt es auch vor, dass jemand schreibt, was er gelesen sehen will?«

»Je nachdem. Ich für mein Teil schreibe lieber von Dingen, die niemand weiß. Die Leserschaft der *Stampa* zum Beispiel wäre hocherfreut zu erfahren, wie Sie Brescis Leiche losgeworden sind. Gerüchten zufolge wurde sie ins Meer geworfen. Sie haben da nicht zufällig etwas mitbekommen?«

»Nein. Weder was Brescis Leiche betrifft noch die von Balestrieri«, antwortete der Leutnant, während sich ein zweiter Krampf ankündigte und ihm nicht gerade half, verbindlicher aufzutreten. »Wie steht es mit Ihnen, Sie wissen auch nicht zufällig etwas vom Verbleib des Letzteren?«

»Nein, bedaure.«

»Und Sie haben vermutlich auch keine Ahnung, wo sich die Leichendiebe aufhalten könnten.«

»Ich freue mich über Ihre Anmaßung. Pardon, ich meinte Ihre Mutmaßung. Ich wollte Mutmaßung sagen, habe aber Anmaßung gesagt«, wiederholte Ragazzoni, nachdem er ein Aufstoßen nur notdürftig als Schluckauf getarnt hatte. »Ich habe kürzlich einen interessanten Artikel von einem österreichischen Arzt gelesen, da geht es just um dieses Phänomen. Er nennt es *Fehlleistung*, auf Lateinisch wäre das mehr oder weniger *lapsus*. Eine Handlung, die fehlgeht. In Ihrem Fall eine Leiche, die fehlgeht, die nicht da bleibt, wo sie sein sollte. Also die von Balestrieri, meine ich. Nicht die Ihre. Nicht dass Sie glauben, ich würde Ihnen das wünschen, also wirklich nicht.«

»Ich glaube gar nichts. Und unterlassen Sie Ihre Witze. In welchem Zustand waren Sie, als Sie bemerkten, wie Corradini sich von den Waffen entfernte?«

»Sie meinen, ob ich nüchtern war?« Ragazzoni begann, den Bart um einen Finger herumzuzwirbeln, und saugte einen Moment lang gedankenverloren daran herum. »Ja, Herr Leutnant. Ich war jämmerlich nüchtern. Auch wenn ich manches Mal Lust dazu hätte, bei der Arbeit trinke ich nicht.«

»Sind Ihnen in meinem Bericht noch andere Unstimmigkeiten oder Unwahrheiten aufgefallen?«

»Nein, so aus dem Stand ...«

Wollen wir mal rekapitulieren.

Corradini hat die Gewehre mindestens zehn Minuten lang unbeaufsichtigt gelassen. Ragazzoni hat niemanden drangehen sehen, gibt aber selbst zu, dass er mit der Musik beschäftigt war.

Dazu kam, dass Ragazzoni zwar behauptete, zur fraglichen Zeit nüchtern gewesen zu sein, Leutnant Pellereys Zweifel an dieser Aussage jedoch so schwer waren wie der Mundgeruch eines Geiers.

Parenti wusste, dass Balestrieri seine Karriere ruiniert hatte. Und verfügte daher über ein greifbares und nachvollziehbares Motiv.

Viel nachvollziehbarer als die der beiden anderen.

Man kann aus Eifersucht töten oder aus Ressentiment, aber in Leutnant Pellereys Welt tötete man viel eher aus Rache. Hätte er wetten sollen, er hätte auf Teseo Parenti gesetzt.

Schade nur, dass jeder Beweis fehlte. Drei mögliche Täter mit drei gültigen Motiven, aber nicht eine Möglichkeit, sie gegeneinander abzuwägen.

Gestern war ich der Lösung des Falles so nahe, und jetzt weiß ich nicht mehr weiter.

»Herein!«

Unterleutnant Moretti, der soeben angeklopft hatte, trat mit einem Umschlag in der Hand ins Zimmer und blieb in respektvollem, aber auch ängstlichem Abstand zu Leutnant Pellerey stehen.

»Kommen Sie näher, Moretti, ich beiße nicht. Was gibt es?«

»Einen Eilbrief an Sie, Herr Leutnant. Von Hauptmann Dalmasso.«

»Immer her damit, Moretti.«

Schlimmer kann es ja nicht werden.

Der Leutnant schlitzte mit dem Brieföffner den Umschlag auf und entnahm ihm ein in der Mitte gefaltetes Blatt.

Habe das Schreiben mit Ihren Eindrücken erhalten, aus dem nichts anderes hervorgeht, als dass Sie von einem Ergebnis der Ermittlungen noch weit entfernt sind.
Offensichtlich sind Sie mit Ihrem Latein am Ende.
Das anarchistische Komplott ist mittlerweile aufgeklärt.
Der fehlgeschlagene Aufruhr, die vor Flugblättern wim-

melnde Stadt, das alles spricht eine klare Sprache. In
mehreren Städten des Königreichs, in denen die Oper
angesetzt ist, werden gewaltsame Proteste befürchtet.
Und als ob das nicht genug wäre, haben wir soeben den
sicheren Beweis erhalten, dass Giacomo Puccini und der
Tenor Balestrieri miteinander in Korrespondenz standen,
belegt durch Briefe von Mitte Mai.
Damit steht fest, dass die ganze Angelegenheit von
keinem anderen als Puccini initiiert wurde.
Sollte es nicht gelingen, die Ermittlungen binnen
48 Stunden abzuschließen, wird nichts anderes übrig
bleiben, als Giacomo Puccini festnehmen zu lassen und
sämtliche erforderlichen Maßnahmen zu treffen, die dem
anarchistischen Wüten ein Ende setzen.

»Ist alles in Ordnung, Herr Leutnant?«

»Bei mir ja, Moretti. Danke. Wie weit ist es bis zum Tele-
grafenamt?«

Dritter Akt

NEUN

»Bevor wir anfangen, hätte ich eine Bitte«, sagte Maestro Corradini.

»Bedaure, aber darauf kann ich mich nicht einlassen«, erwiderte Leutnant Pellerey, ohne den Waffenmeister anzusehen, unterbrach jedoch immerhin sein Auf-und-ab-Marschieren auf der Bühne. »Es besteht größte Eile, die Ermittlungen abzuschließen, und ich habe Sie alle an diesem Ort versammelt, um endgültig Licht in einige Fragen zu bringen und auch nicht der geringsten Unklarheit Raum zu lassen.«

Noch immer an seinem Platz verweilend, musterte er die Protagonisten. Die ausnahmsweise völlig unfreiwillig auf der Bühne standen, und dabei war ihnen nicht gerade wohl.

Vielleicht weil sie mit Ausnahme Leutnant Pellereys alle saßen, und im Sitzen spricht es sich bekanntlich schlecht, und das Singen fällt noch schwerer, wer steht, ist der wahre Protagonist; vielleicht weil die Parkettsitze leer waren, was bei Bühnenkünstlern immer Unbehagen hervorruft; vielleicht weil die einzigen vier Zuschauer in den Logen standen, die Uniform der Carabinieri trugen und mit Musketen bewaffnet waren. Wer weiß. Jedenfalls strahlte fast keiner von denen, die da im Halbkreis um Leutnant Pellerey herumsaßen, völlige Gelassenheit aus.

Keine Spur von Gelassenheit bei Intendant Bentrovati, der sich nun schon so oft den Finger zwischen Hals und Kragen geschoben hatte, dass Ersterer ganz rot war und Letzterer ganz schwarz.

Keine Spur von Gelassenheit bei Impresario Cantalamessa, da mochte er sich noch so gleichmütig geben, Unruhe gewürzt mit einer Prise Ungeduld, wie sie jemandem zukommt, der festgehalten wird, während er eigentlich Wichtigeres zu tun hätte. Seine Haltung glich der eines Mannes, der im Wartezimmer des Onkologen auf sein Handy starrt.

Keine Spur von Gelassenheit bei Maestro Corradini, der ganz vorne auf der Stuhlkante saß und sich umsah wie ein Neunzigjähriger bei einem Fest in der Kinderkrippe. Er wirkte so angespannt, als würde er gleich anfangen zu vibrieren.

Keine Spur von Gelassenheit bei Teseo Parenti, dessen Blick von dem Bewusstsein kündete, dass alle hinter ihm her waren, keine Frage, aber manch einer mit besonderem Einsatz.

Keine Spur von Gelassenheit bei Antonio Proietti, um den sich aber sowieso niemand scherte.

Keine Spur von Gelassenheit bei Maestro Malpassi, was wiederum kaum auffiel, bei ihm war das ja immer so.

Kurzum, Gelassenheit suchte man hier vergebens.

Auch bei Leutnant Pellerey, der spürte, wie sich Hauptmann Dalmassos Griff um seinen Hals schloss, und schon die Schlagzeilen vor sich sehen konnte: »Maestro Puccini von den Carabinieri verhaftet«.

Gaetano Bresci kannst du vergessen. Den Volksaufstand auch. Ja, ganz Italien wird explodieren, aber vor Gelächter.

»Unklarheiten will keiner von uns«, hakte Corradini nach, ohne sich auch nur umzusehen. »Ich wüsste gerne, warum nicht sämtliche Personen einbestellt wurden, die an dem Fall beteiligt sind.«

»Zum Beispiel Herr Corradini?«, fragte Cantalamessa in einem Ton, der eine gewisse Abneigung nicht verbarg.

»Warum ist zum Beispiel Fräulein Tedesco nicht unter uns?«

»Warum fragen Sie nicht auch nach den Bühnentechnikern?«, schaltete Intendant Bentrovati sich ein.

»Tja, die Sopranistin Tedesco ist trotz ihres Nachnamens eine Frau«, bemerkte Ragazzoni sichtlich ungerührt. »Herr Corradini scheint den Umgang mit der Damenwelt nicht gewohnt zu sein. Was womöglich mit dem kargen und männlichen Soldatenleben zusammenhängt, ganz sicher bin ich mir da nicht. Leutnant Pellerey hingegen fühlt sich nach meinen Eindrücken deutlich wohler, was ›Damen‹ angeht. Oder sollte ich sagen, die Dame? In der Oper tritt schließlich nur eine einzige Sängerin auf, nicht wahr?«

Bartolomeo Cantalamessa warf einen bösen Blick auf Leutnant Pellerey, der nichts davon bemerkte, da er seinerseits einen bitterbösen auf Ragazzoni warf, wie übrigens auch Waffenmeister Corradini.

»Fräulein Tedesco ist nicht hier, weil sie als bisher Einzige ihre Beteiligung an den fraglichen Vorfällen gestanden hat, und zwar ohne in Widerspruch mit den Aussagen anderer Beteiligter zu geraten. Letzteres ist bei Ihnen allen in der einen oder anderen Weise der Fall.«

Der Leutnant verschränkte die Hände hinter dem Rücken und machte sich wieder daran, auf der Bühne auf- und abzumarschieren. Dann begann er mit dem Appell.

»Sie, Herr Cantalamessa, indem Sie vor mir verbargen, dass Sie mit der erwähnten Giustina Tedesco durch Ehe verbunden sind.«

»Das betrifft weder Sie noch den Fall«, sagte Cantalamessa, mehr an seine Nachbarn gewandt als an den Leutnant.

»Sie, Herr Parenti, indem Sie abstritten, vor dem Auftritt gewusst zu haben, dass Balestrieri der Ausgangspunkt all Ihren Unglücks war, und Sie, Herr Intendant, indem Sie mir dieselbe Tatsache verschwiegen.«

»Wie haben Sie das herausgefunden?«

Hier habe ich das Sagen, erklärte Leutnant Pellerey, indem er sich mit Nachdruck auf dem Absatz umdrehte.

»Sprechen Sie jetzt. Sind Sie in der Lage, Ihre Aussagen zu bestätigen und die meinen zu entkräften?«

Teseo Parenti senkte kurz den Blick, dann sah er den Leutnant an:

»Ja, ich wusste schon davon. Ich habe bewusst die Unwahrheit gesagt. Aber versetzen Sie sich mal in meine Lage, Herr Leutnant.«

Fällt mir überhaupt nicht ein.

»Ich kann Sie verstehen, Herr Parenti. Ich nehme Ihnen das auch nicht übel. Aber ich kann nicht vergessen, dass es so gewesen ist. Ich kann überhaupt nicht darüber hinweggehen, dass Sie mich alle belogen haben. Alle. Mit Ausnahme Herrn Malpassis, der auf eigenen Wunsch gekommen ist.«

»Dann soll also auch ich gelogen haben, ja?«

Der Leutnant lächelte im Stillen. Diesen überaus unsympathischen Waffenmeister hatte er sich für zuletzt aufgespart.

»Sie mehr als jeder andere, Herr Corradini.« Leutnant Pellerey entnahm seiner Aktenmappe ein Blatt und begann vorzulesen. »Ich zitiere aus dem Vernehmungsprotokoll: *Frage: Behielten Sie die Waffen im Auge, nachdem Sie sie geladen hatten? Antwort: Gewiss. Frage: Ohne einen Moment der Ablenkung? Antwort: Gewiss. Frage: Sind Sie sicher? Antwort: Herr Leutnant, ich mache das von Beruf.*«

»Ich bekräftige diese Aussage.«

»Herr Ragazzoni, haben Sie hiergegen etwas vorzubringen?«

An dieser Stelle ist es angebracht, den Leser um Vergebung zu bitten. Gerade noch wurde behauptet, im Raum sei keine Gelassenheit zu finden gewesen; deutlich genauer wäre die Aussage, dass nirgends Gelassenheit zu finden war als bei Ernesto Ragazzoni, der auf seinem Stuhl am linken Bühnenrand fläzte, das rechte Fußgelenk aufs linke Knie gestützt und die rechte Gehirnhälfte zeitweilig der linken untergeordnet.

»Nein, gar nichts«, gab Ragazzoni zurück. »Herr Corradini mag die Gewehre durchaus die ganze Zeit über im Blick behalten haben, sofern er über ein Periskop verfügte. Ich habe lediglich gesehen, wie er sich von seinem Standort entfernte, als Tosca gerade ...«

Corradini fiel um, was am Impulserhaltungssatz lag sowie an dem Umstand, dass Corradini aufgesprungen war. Da es freilich keinen Farberhaltungssatz gibt, war der Stuhl weiterhin von einem gelassenen und verlässlichen Mahagoniton, während das Gesicht des Waffenmeisters eine pompejirote Färbung angenommen hatte.

»Herr Leutnant, Sie werden doch nicht auf die Lügen dieses Trunkenbolds hören!«

»Warum denn nicht?«, widersprach Ragazzoni seelenruhig. »Betrunkene sprechen bekanntlich stets die Wahrheit. Ich habe lediglich vorgetragen, was ich gesehen habe.«

»Was Sie glauben, gesehen zu haben«, entgegnete Corradini, während er wieder Platz nahm und sich bemühte, Distanz aufzubauen. »Möglicherweise hat der Anblick der Flasche, die Sie sich hinter die Binde gegossen hatten, Ihre Sehkraft beeinträchtigt. Aber wie dem auch sei, Herr Ragazzoni, auch Soldaten sprechen stets die Wahrheit.«

»Sie sind aber kein Soldat mehr, Herr Corradini«, bemerkte Ragazzoni.

»Nicht von Beruf. Von den Prinzipien her schon.«

»Na, wenn Sie sich schon Ihrer Aufrichtigkeit rühmen, dann erzählen Sie uns doch, aus welchem Grund Sie aus dem Königlichen Heer ausgeschieden sind. Mir ist, als hätte ich gehört, dass das mit Ihrer schlechten Angewohnheit zusammenhing, jedem Rock hinterherzulaufen. Falls es sich um einen schottischen handelte.«

Corradinis Farbton veränderte sich ein weiteres Mal und wechselte von Glutrot zu einem sehr, sehr blassen Braun.

Für einen Soldaten, also auch für einen Carabiniere, bedeutete 1901 der Vorwurf der Homosexualität einen beispiellosen Angriff auf die Mannesehre.

Im Laufe des Jahrhunderts sollte sich die Gesellschaft glücklicherweise verändern, und just die Carabinieri definieren in offiziellen Verlautbarungen – schon seit 2012 – Homosexualität nun nicht mehr als Schande, sondern als eine Krankheit, ganz zweifellos ein entscheidender Schritt nach vorne. Niemand kann schließlich für seine Pathologien verantwortlich gemacht werden. Man wird einen Mitmenschen nicht treten, weil er an einem Magengeschwür leidet, oder?

Nichtsdestoweniger war Waffenmeister Pierluigi Corradini in Anwesenheit einer nicht geringen Anzahl von Menschen beleidigt worden, darunter einige im aktiven Dienst stehende Soldaten. Und wenn jemand, der sich für einen Ehrenmann hielt, im Jahre 1901 vor anderen Ehrenmännern beleidigt wurde, so blieb ihm nur ein einziger Weg, seine Ehre reinzuwaschen.

Der Waffenmeister erhob sich scheinbar gefasst.

»Nehmen Sie zurück, was Sie soeben gesagt haben.«

»Ach, wenn ich das nur könnte. Doch dazu müsste man in der Lage sein, die Zeit umzukehren.«

»Sie weigern sich vor Zeugen, Ihre Worte zurückzunehmen?«

»Ich sehe dazu keine Möglichkeit. Man hat sie ja gehört.«

»Pierluigi, ich bitte dich …«, sagte Maestro Malpassi, mehr Maria Magdalena als Renato Maria.

Doch der Waffenmeister schien seinen Freund noch nicht einmal zu hören. Mit feierlichem Ernst streifte er den rechten Handschuh ab.

»Morgen bei Tagesanbruch, Herr Ragazzoni, werden Sie mir für diese Kränkung Rechenschaft geben. Mit Ihrer Erlaubnis, Herr Leutnant, rufe ich die anwesenden Herren Soldaten zu Zeugen der Beleidigung auf.«

»Erlaubnis erteilt«, sagte der Leutnant zähneknirschend.

»Wie jetzt, war das eine Herausforderung zum Duell?«, fragte Ragazzoni mit einem Blick zu Leutnant Pellerey.

»So will es scheinen, Herr Ragazzoni.«

»Ach, du liebe Güte«, sagte Ragazzoni kopfschüttelnd.

»Aus der Aufklärung zurück in die Steinzeit. Na schön. Wenn Sie nur den Herrn Leutnant weiter seine Arbeit machen lassen, wo Sie schon von der Ihren nichts verstehen.«

»Da bin ich wohl nicht der Einzige«, sagte Maestro Corradini, den der zweifelhafte Erfolg seiner Forderung offenbar noch anspornte.

»Wie meinen Sie das, Herr Corradini?«

»Wie ich das meine? Sehen Sie sich doch um, Herr Leutnant. Wir alle müssen uns hier Ihrem Verhör unterziehen, weil Sie mit Ihren Ermittlungen auf keinen grünen Zweig kommen. Sämtliche Zeugen stehen Ihnen zu Gebote, doch anstatt den richtigen Personen die richtigen Fragen zu stellen, schenken Sie dem Gefasel eines Säufers Gehör, der seine Niedertracht ja nun hinreichend bewiesen hat, indem er mich in meiner Ehre verletzte, was er mir morgen früh ...«

»Lassen wir die Kirche im Dorf, Herr Corradini. Die persönlichen Ansichten Herrn Ragazzonis sind das eine, Ihr Verhalten bei der Aufführung der Oper etwas ganz anderes. Bestreiten Sie, die Waffen während der Aufführung aus den Augen gelassen zu haben?«

Ein Moment der Stille folgte. Schwer, bebend und nicht zu überhören. Dann wurde die Stille vom unverwechselbaren Krächzen eines Unglücksraben durchbrochen.

»Pierluigi ...«

»Was ist?«

»Pierluigi, sosehr ich es bedauere – du hast mich doch auf den Korridor hinausgerufen, das war ungefähr zu dem Zeitpunkt, den der Journalist ...«

»Sag mal, Teseo, bist du jetzt vollkommen übergesch ...«

»Nein, Pierluigi, nein. Ich danke dir für das, was du getan hast, aber hier geht es um einen Mord. Tut mir leid, aber ich kann nicht schweigen.«

In diesem Augenblick, wenngleich noch immer im Jahr 1901, flippte der Waffenmeister Pierluigi Corradini so richtig aus.

»Dann gebt doch wenigstens zu, dass ihr es auf mich abgesehen habt, Herrgott Sakrament!«, platzte es aus dem Waffenmeister heraus. »Und ich Unglückseliger höre auch noch auf diesen Schlauberger von Bentrovati! Und ich Schwachsinniger freue mich darauf zu sehen, wie der ganzen Idiotenbande die Kinnlade herunterfällt, wenn hinterher klar wird, dass du die ganze Zeit mit auf der Bühne standest und nichts passiert ist! Und ich Volltrottel reiße mir den Hintern auf, um diese Halbleiche« – Corradini deutete der Klarheit halber auf Parenti – »zu verstecken und sicherzustellen, dass ihn keiner, der ihn erkennen könnte, zu Gesicht bekommt! Und das ist nun der Dank! Aber ich ...«

»Setzen Sie sich wieder hin, Leutnant a. D. Corradini.«

Lag es am Ton, lag es an der befremdenden Wirkung der Anrede mit seinem ehemaligen Dienstgrad oder an der Tatsache, dass die vier Carabinieri in den Logen ihre Musketen angelegt hatten und sie auf die Bühne gerichtet hielten, jedenfalls sah Corradini sich kurz um und nahm dann wieder Platz.

»Ist dir eigentlich klar, du armer Irrer, dass sie dich jetzt auch anklagen können?«

Parenti sah den Waffenmeister an wie ein Spaniel, dessen plötzliches Bellen das Herrchen dazu gebracht hat, einen Fehlschuss auf einen Fasan abzugeben.

»Tut mir leid, Pierluigi, tut mir wirklich leid. Wenn ich

früher die Wahrheit gesagt hätte, würde ich vielleicht nicht so in der Tinte sitzen.«

»Ach, glaubst du, dass du jetzt besser dastehst? Mit so einem Stümper von Ermittler, der sich die Leichen unter der Nase wegklauen lässt?«

Um verstehen zu können, was gleich passieren wird, benötigt man zumindest eine vage Ahnung vom damals in Italien gängigen Ehrenkodex, also der starren Liste möglicher Reaktionen, die einem wahren Ehrenmann zu Gebote standen, wenn er in seiner Ehre verletzt wurde und das bürgerliche Gesetz keine Abhilfe schaffen konnte. Dem Verfasser ist bewusst, dass ein solcher Verhaltenskodex dem Durchschnittsleser aus dem 21. Jahrhundert als ein gewaltiger Blödsinn erscheinen mag; nichtsdestoweniger gab es diesen Kodex damals, mehr noch, eine erhebliche Anzahl von Menschen hielt große Stücke darauf, und das haben wir hier einfach zu berücksichtigen.

Technisch gesehen, stellte die öffentliche Bezeichnung Maestro Corradinis als Schwuchtel eine äußerst schwerwiegende Beleidigung dar, eine Schmähung und Ehrverletzung dritten Grades. Wer solcherart beleidigt wurde, hatte das Recht, nicht nur die Waffen und sämtliche anderen Bedingungen des Duells zu bestimmen, sondern auch dessen Ablauf im Rahmen des Reglements. Bei einem Pistolenduell zum Beispiel konnte er die Entfernung festlegen, aus der die Gegner ihre Waffen abzufeuern hatten.

Der Vorwurf der Inkompetenz oder fehlenden Eignung, den Corradini gegenüber Leutnant Pellerey erhoben hatte, war hingegen als Ehrverletzung ersten Grades einzustufen; der solcherart Beleidigte hatte lediglich das Recht der

Waffenwahl, alles Weitere blieb den Sekundanten überlassen. Aber eine Beleidigung lag definitiv vor.

Außerdem hatte Pellerey sie vor seinen Untergebenen erlitten, derselbe Leutnant Pellerey, der gerade von seinem eigenen Vorgesetzten der Inkompetenz geziehen worden war.

Wenn der Leutnant nichts unternahm, würde er für immer den Respekt seiner Männer verlieren. Und er war seit je der Ansicht, dass man einen Dienstgrad nicht nur erreichen musste, sondern ihn auch zu respektieren und zu ehren hatte.

Keiner durfte sich herausnehmen, ihn vor seinen Untergebenen zu beleidigen.

Darüber hinaus hatten sich in den letzten Tagen Anspannungen aller Art in ihm aufgestaut, und der Leutnant hatte wahnsinnige Lust, sich abzureagieren. Da missfiel ihm der Gedanke, auf Corradini schießen zu dürfen, ganz und gar nicht. Eine bedauerliche Tatsache, aber niemand ist vollkommen.

»Nehmen Sie das zurück.«

»Fällt mir im Traum nicht ein«, erwiderte Corradini, der die Lage wieder im Griff zu haben schien. »Es liegt auf der Hand, dass Sie nicht die leiseste Ahnung haben, wer der Täter gewesen sein kann, und dass Sie uns mit diesen Taschenspielertricks nur einschüchtern wollten, damit wir die Nerven verlieren. Das ist Ihrer als Mann und Soldat unwürdig.«

»Nun denn, wenn Sie sich weigern, bleibt mir keine andere Wahl. Morgen bei Tagesanbruch werden Sie mir für Ihre Worte Rechenschaft geben.«

»Wann immer Sie wünschen, Herr Leutnant. Apropos, Sie haben uns noch immer nicht erläutert, warum Fräulein, pardon, Frau Tedesco nicht hier ist.«

»Ich bin nicht gehalten, Ihnen etwas zu erläutern. Wie bereits gesagt, wurden Sie einbestellt, weil jeder Einzelne von Ihnen im Zuge der Vernehmungen gelogen oder sich nicht kooperationsbereit gezeigt hat.«

»Und woher wissen Sie, dass Frau Tedesco die Wahrheit gesagt hat?«

»Das wüsste ich auch gerne«, meldete sich Bentrovati zu Wort. »Sie haben mich gefragt, wer denn noch an dem anarchistischen Komplott beteiligt war. Das heißt, die Dame hat Ihnen auch nicht alles gesagt.«

»Es geht nicht um ein anarchistisches Komplott, das ist doch keine Operette hier. Wir sprechen von einem Mord.«

»Wer sagt, dass es da keinen Zusammenhang gibt?«

Leutnant Pellerey wurde klar, dass ihm allmählich die Situation entglitt. Glücklicherweise erhielt er Schützenhilfe, die nicht nur für Erstaunen sorgte, sondern auch unverhofft kam. Letzteres, weil es Ragazzoni war, der plötzlich die Aufmerksamkeit auf sich zog; Ersteres, weil von allen Möglichkeiten, die Aufmerksamkeit auf sich zu ziehen, ein Rülpsen nicht das Erste ist, was einem in den Sinn kommt.

»Der Hauptbelastungszeuge hat gesprochen«, bemerkte Corradini. »Mich würde interessieren, Herr Leutnant, wie Sie diesen Einwurf im Protokoll vermerken. Wird Ihnen allmählich klar, was für einem Subjekt Sie sich da anvertraut haben?«

In der Tat kamen auch Leutnant Pellerey so langsam ein paar Zweifel.

»Der Herr Leutnant hat allen Grund, sich mir anzuvertrauen«, erwiderte Ragazzoni, während er mit dem Stuhl herumschaukelte. »Ich weiß schlicht und ergreifend, wann ich etwas sehe und wann nicht. Wenn ich es nicht sehe – wenn ich mir nicht sicher bin –, dann schweige ich davon. Aber wenn ich mir sicher bin, so ist es meine Pflicht, darüber zu sprechen. Übrigens ist es wahrscheinlicher, dass ich etwas sehe, verlassen Sie sich darauf.«

»Sie sehen also alles, ja? Wie ein Magier aus dem Orient?«, fragte der Leutnant mit einer Spur von Geringschätzung in der Stimme, die Ragazzoni nicht entging.

»Nein, das habe ich nicht gesagt. Aber besser als Sie sehe ich bestimmt. Liebe macht ja bekanntlich blind. Ich muss Sie allerdings warnen, auch einsame Liebe kann auf lange Sicht blind machen.«

»Ich bin nicht sicher, richtig verstanden zu haben, was Sie da sagen.«

»Na, kommen Sie, Herr Leutnant. Das ist doch ganz natürlich, und Frau Tedescos Reize sind nun gewiss nicht zu übersehen. Es ist begreiflich, dass Sie auf die Dame ein besonders waches Auge haben.«

Die Stille, die sich nun über den Raum senkte, war in einem Grad unbeschreiblich, dass es nutzlos wäre, eine sprachliche Form dafür zu suchen, und wäre sie noch so ausgefeilt.

»Herr Ragazzoni, Sie wissen nicht, was Sie da sagen.«

»Ich sage es nicht nur, ich habe es auch geschrieben. Morgen früh steht es in der Zeitung.«

»Was?«

»Das ist nun einmal mein Metier. Ich meine, irgendwer muss seine Arbeit ja ordentlich machen. Und nach allem, was ich bisher gesehen und gehört habe, scheine ich da der Einzige zu sein. Was ist, gibt es ein Problem?«

Der Leutnant sah sich um und las auf den Gesichtern seiner Männer dieselbe Antwort, die auch ihm in den Sinn gekommen war.

Ja, es gab ein Problem.

Wenn der Vorwurf der Inkompetenz eine Beleidigung ersten Grades war und die Anschuldigung der Sodomie eine Kränkung dritten Grades, so bedeutete eine Beleidigung in der Presse eine Ehrverletzung im vierten Grad.

Sie wog am schwersten überhaupt, da vorsätzlich und gewollt und dauerhaft in Umlauf gebracht.

Und da der Leutnant bereits auf eine Beleidigung ersten Grades reagiert hatte, konnte er sich nicht erlauben, eine weitere im vierten Grad zu übergehen, noch dazu vor denselben Zeugen.

Da stand nicht nur seine Ehre auf dem Spiel, sondern auch die Stringenz seines Handelns.

ZEHN

»*Und leicht und hoch, so türmt sich der Schnee, auf Kirchtürmen hoch von Florenz bis zur See* ...«

Der Mann mit dem Bart erreichte, einen Fuß vor den anderen setzend, den Pfad, der vom Hauptweg des Landguts zu den Stallungen führte, und bog darauf ein.

»*... die Dächer, herrje, unter denen ich geh, werden schwer, werden schwer unter Bergen von Schnee* ...«

Ringsum lag still das königliche Landgut San Rossore. Durchbrochen wurde die Stille allein von dem steten, unablässigen Singsang, den der Mann wer weiß wann begonnen hatte.

»*... und immer noch schwerer und bald ist's passé* ...«

Und der zyklisch an einer bestimmten Stelle wieder ansetzte und von Neuem begann, wie der wundervolle Krebskanon aus Johann Sebastian Bachs *Musikalischem Opfer*, der dem Mann mit dem Bart schon immer gefallen hatte.

»*... bald ragen die Turmspitzen hoch aus dem Schnee, auf Kirchtürmen hoch von Florenz bis zur See* ...«

Und wie ein Krebskanon reinsten (wenn auch gefrorenen) Wassers hätte sich der Singsang stundenlang fortsetzen können, hätte nicht eine knarrende Stimme das Lied unterbrochen.

»Halt! Wer da?«

»Sind Sie das, Herr Leutnant?«

Ein Leutnant der Königlichen Wache sollte keine Nachtwachen halten müssen wie irgendein Fußsoldat. Und wenn er sich doch mal dazu genötigt sah, dann sollte er die Gemächer des Königs bewachen oder die der Königin oder irgendeines anderen (was immer das heißt) wesentlichen Mitglieds der hohen Familie.

Dass man ihn zur Bewachung des Schweinestalls abgestellt hatte, war eindeutig als Strafmaßnahme zu verstehen.

Eine Strafmaßnahme, die Hauptmann Dalmasso mit einer Genugtuung verhängt hatte, in der es durchaus nicht an Sadismus fehlte, als ihm zu Ohren gekommen war, dass sich der Leutnant am nächsten Tag mit einem der Tatverdächtigen duellieren würde. Und außerdem auch noch mit einem Journalisten, der weitaus geübter in der Handhabung von Weinflaschen als von Pistolen war.

»Duelle sind dazu da, seine Ehre zu wahren, Leutnant Pellerey. Und nicht dazu, sich lächerlich zu machen.«

Da redet der Richtige. Hast du immer noch vor, Puccini zu verhaften?

»Sich mit einem Mordverdächtigen auf ein Duell einzulassen kündet nicht gerade von Verantwortungsgefühl. Man begibt sich damit auf dessen Niveau hinab. Und auf einen Schreiberling zu schießen verschafft keine Ehre. Das ist, als tötete man einen Wehrlosen.«

Das wurde dem Leutnant auch langsam klar.

»Wir als Soldaten haben die Pflicht, für Ordnung zu sorgen. Und dafür gibt es nur eine Grundlage, nämlich Respekt. Wer respektiert werden will, muss erkennbar über solchen Nichtigkeiten stehen, anstatt hitzköpfig darauf zu reagieren.«

Also gut, ich habe eine Dummheit begangen. Ich habe eine derartige Eselei begangen, dass Dalmasso sich genötigt sieht, vernünftige Dinge zu sagen. Und jetzt?

»Allerdings haben Sie die beiden Männer nun einmal herausgefordert und sind an Ihr Wort gebunden. Ich gestatte Ihnen daher, an dem Duell teilzunehmen, aber nur unter der Bedingung, dass niemand zu Tode kommt. Gewiss finden Sie dazu einen Weg.«

Obwohl Leutnant Pellerey bewusst war, dass er bis zu den Kragenpatten im Dung steckte, musste er ob dieser unfreiwilligen Anerkennung innerlich grinsen. Jeder im Bataillon wusste, dass Pellerey in der Lage war, einer Fliege aus zwanzig Schritt ein Auge auszuschießen.

»Um sicherzustellen, dass Sie morgen früh mit ausreichend klarem Kopf antreten, halte ich es für das Beste, wenn Sie heute Nacht auf den Schlaf verzichten.«

So kam es, dass der Leutnant unversehens die Schweine hütete, wach gehalten von der Wut über diese Blamage, vom Adrenalin angesichts des bevorstehenden Duells und von dem schreckenerregenden Gestank, der aus den wenig edlen Gemächern drang, vor denen Wache zu stehen er gezwungen war.

Angst davor, die Ermittlungen entzogen zu bekommen, verspürte er nicht, damit hatte er sich abgefunden; stärker als alles andere aber war die Scham.

Er schämte sich, weil er nicht imstande gewesen war, seinen Auftrag zu erfüllen.

Er schämte sich, weil er so tief gesunken war, einen Journalisten und einen mittelmäßigen Theatermenschen zum Duell zu fordern.

Er schämte sich, weil man ihn verdonnert hatte, vor einer Reihe allzu roher Schinken Wache zu schieben.

Und um ehrlich zu sein, war er nicht gerade erpicht darauf, in dieser Notlage jemanden zu sehen und selbst gesehen zu werden. Wenn es freilich darum ging, eine Rangordnung derer aufzustellen, denen zu begegnen ihm jetzt angenehm wäre, so hätte er Ernesto Ragazzoni zweifellos als Letzten gewählt.

»Ich bin's, Herr Leutnant. Nicht schießen.«

»Die beiden Aussagen passen nicht zusammen, Herr Ragazzoni. Nicht bei meinem derzeitigen Gemütszustand.«

»Gewiss, gewiss. Ich verstehe Sie. Mehr noch, ich bin erfreut über Ihre Haltung. Darf ich näher treten?«

»Noch zwei Schritt, Ragazzoni, und es ist meine Pflicht, das Feuer zu eröffnen.«

Und manchmal fallen Pflicht und Vergnügen zusammen.

»Ja, das sehe ich ein. Aber ich muss Sie dringend sprechen.«

»Das können Sie von der Stelle aus tun, an der Sie jetzt stehen.«

»Sehen Sie, Herr Leutnant, ich befinde mich in einer Notlage.«

»Sie? Sie befinden sich in einer Notlage? Ich habe keinerlei Aussicht mehr auf Karriere, ich habe keinerlei Aussicht, den Mörder zu fassen, und Sie befinden sich in einer Notlage?«

»Nehmen Sie mir's nicht übel, Herr Leutnant, aber ich glaube, ja. Morgen früh steht mir ein Pistolenduell mit

Ihnen und Herrn Corradini bevor. Ich habe noch nie eine Pistole in der Hand gehalten, und man hat mir versichert, Herr Corradini treffe aus zwanzig Schritt Entfernung zwei von drei Malen eine Münze.«

»Dann, Herr Ragazzoni, sind Sie tatsächlich in der Klemme. Ich treffe aus zwanzig Schritt Entfernung jede Münze, und wenn man mir die Augen verbindet.«

»Genau deshalb benötige ich Ihre Hilfe. Sonst sieht mich der morgige Tag als Leiche.«

Der Leutnant verzichtete auf eine Erklärung, dass er klare Weisung habe, im Duell niemanden zu töten; schließlich unterstand ja Maestro Corradini – der Glückliche – nicht dem Befehl von Hauptmann Dalmasso.

»Und aus welchem Grund sollte ich Ihnen helfen, wenn die Frage erlaubt ist?«

»Verzeihen Sie, Herr Leutnant, aber wenn ich Sie heute Nachmittag richtig verstanden habe, dann liegt Ihnen daran, die Leiche Ruggero Balestrieris wiederzufinden. Sie sagten, mithilfe der Leiche wäre es ein Kinderspiel, den Mörder zu entlarven.«

»So ist es.«

»Gut, Herr Leutnant. Ich weiß, wo die Leiche sich befindet.«

Ragazzoni schwieg für einen Moment und genoss die Miene auf dem Gesicht des Leutnants.

»Ich kann noch hinzufügen, dass Sie recht haben«, sagte er dann, während der Leutnant begreiflicherweise schwieg. »Ich bin kein Fachmann für Ballistik, aber der Fall liegt dermaßen klar zutage, dass auch ein Schuljunge auf die Lösung käme. Aus der Art der Wunde lässt sich sofort schließen, wer der Mörder ist.«

Nachdem der Leutnant einige Sekunden lang in der Haltung eines Kindes verharrt hatte, dem der Logopäde gerade das »o« beibringt, gewann er die Fassung wieder.

»Sie glauben doch hoffentlich nicht, dass ich auf einen derart billigen Trick hereinfalle?«

»Ich wusste, dass Sie das antworten würden. Und deshalb habe ich ein Unterpfand meiner lauteren Absichten mitgebracht.«

Er hob die Linke, die Handfläche nach vorne gerichtet, und griff mit der Rechten in die Jackentasche.

»Nehmen Sie sofort die Hand aus der Tasche!«, blaffte der Leutnant und richtete die Muskete auf ihn.

Ragazzoni, bleich im bleichen Lichte des Mondes, zog die Hand wieder heraus, und zwischen den Fingern schien etwas auf, das wie ein weißer Stofffetzen aussah. Doch dann erkannte der Leutnant an der Beschaffenheit und den sauberen Rändern, dass es sich um ein Stück Papier handelte.

»Ich habe mir sagen lassen, Ihr Hauptmann trage sich mit der Absicht, Giacomo Puccini zu verhaften.«

»Davon ist mir nichts bekannt«, log Pellerey.

»Entschuldigen Sie, Herr Leutnant. Ich weiß mit absoluter Gewissheit, dass Hauptmann Dalmasso von einem Briefwechsel zwischen Puccini und Balestrieri erfahren hat, datiert auf den Monat vor der Aufführung. Allem Anschein nach geht er davon aus, dass die Korrespondenz der beiden auf die Organisation eines Volksaufstands abzielte.«

»Woher wissen Sie das?«

»Auch Soldaten gehen ins Wirtshaus, Herr Leutnant. Aber der Herr Hauptmann irrt sich. Der Briefwechsel hatte nichts mit einer Verschwörung zu tun.«

»Ich frage Sie noch einmal: Woher wissen Sie das?«

»Die Menschen pflegen Ihre Briefe aufzubewahren«, sagte Ragazzoni und wedelte mit dem Blatt, das er in der Hand hielt. »Tja, und da habe ich mir gestern Abend erlaubt, in Balestrieris Korrespondenz zu stöbern, die sich in seinem Hotelzimmer befand. Das hier dürfte Sie interessieren.«

Mit zwei geschickten Bewegungen faltete er den Brief zu einem kleinen Papierflieger und ließ ihn anmutig und leicht vor Leutnant Pellereys Füße segeln.

Der Leutnant beugte sich vor und hob das Blatt auf, die Muskete noch immer auf Ragazzoni gerichtet.

Dann begann er zu lesen, ein Auge auf den Brief und eines auf den Überbringer geheftet.

Mailand, 20. Mai 1901

Lieber Ruggero,
mit Freude habe ich vernommen, dass du im Juni in
Pisa den Cavaradossi singen wirst. Gratulation. Zugleich
äußerst du in deinem letzten Brief den Wunsch, der
Figur des Malers eine oder vielleicht auch zwei weitere
Arien zuteilwerden zu lassen, die deinen stimmlichen
Gaben gerecht würden.
Ich möchte dir nicht verhehlen, mein lieber Ruggero,
dass ich bereits einige Schwierigkeiten habe, den werten
Victorien Sardou bei Laune zu halten. Das ist der Autor
des Dramas, auf dem die Oper basiert, wenn ich das hin-
zufügen darf, vermutlich war es dir unbekannt. Der gute
Sardou ist anscheinend überaus unzufrieden mit der ver-
kürzten Fassung seines Stücks, er findet offenbar, meine
lieben Librettodamen Illica und Giacosa hätten ein

unglückliches Händchen gehabt, als sie seinen geistigen Erguss aufs Wesentliche reduzierten.

Da konnte es nicht ausreichen, dass ich auf all seine Forderungen einging, o nein. Sogar darauf, dass er die Tosca um jeden Preis tot sehen wollte, diese arme Frau, die doch weiter singen und Gutes bewirken könnte, Prachtschlampe, die sie ist; im Übrigen, lieber Ruggero, wäre die Opernsängerin ein seltenes Tier, die nicht auch das eine oder andere Blasinstrument mit Vergnügen bediente, wie wir beide aus Erfahrung wissen.

Nun habe ich schon Mimì und Manon über den Jordan gehen lassen, und in Theaterkreisen kolportiert man noch nicht einmal hinter vorgehaltener Hand, dass ich Unglück brächte. Jetzt bildete sich dieser Franzose auch noch ein, das arme Weibsbild müsse sich von den Bastionen stürzen, nachdem ihr Liebhaber vor ihren schwarz geschminkten Augen mit Kugeln durchsiebt wurde; na schön, ich ließ ihm seinen Willen. Aber war er deshalb zufrieden? Ach was!

Sardou findet, wir hätten zu wenige Figuren.

Natürlich haben wir wenige Figuren. Es ist schon schwer genug, neun Sänger im Zaum zu halten, wie wäre es dann erst bei dreiundzwanzig, wie sie in seiner überladenen Schnulze vorkommen. Wenn dieser Froschschenkelfresser noch weiteren Unsinn verlangt, dann bleibt mir wohl nur, ihm das Baguette unter der Achselhöhle rauszuziehen und es an einen Ort zu schieben, den zu benennen der Anstand mir verbietet.

Die lieben Illica und Giacosa verdanken den Versuchen, meine und seine Anforderungen mit ihren eigenen unter einen Hut zu bringen, bereits einige hysterische Krisen,

und wenn ich sie jetzt noch einmal bitte, das Libretto
umzuschreiben, dann ziehen sie mir wahrscheinlich die
Sonnenschirme über den Kopf.
Ich bitte dich also zu verstehen, dass ich dir in dieser
Sache nicht dienen kann, und sage toi, toi, toi für die
Premiere.

In inniger Verbundenheit
dein Giacomo Puccini

Schön zu sehen, dass Leutnante genauso lachen können wie alle anderen.

»Ich wusste gar nicht, dass es üblich ist, zusätzliche Arien zu komponieren.«

»So etwas kommt häufiger vor, als man denkt. Für Rossini zum Beispiel war das völlig normal.«

Mit gemächlichen, vorsichtigen Schritten gingen Ragazzoni und Pellerey durch den Kiefernwald, im Schein der flackernden Lampe des Leutnants, und plauderten wie die alten Freunde, die sie nicht waren, aber auch nicht ausschließen konnten zu werden.

»Tatsächlich gibt es von ein und derselben Arie oft verschiedene Versionen, angepasst an die sängerischen Fähigkeiten des Sängers oder, öfter noch, der Sängerin.« Ragazzoni, dem das zu gefallen schien, lachte in sich hinein. »Bei Rossini standen Nutzenerwägungen dahinter. Ich spreche von seinem Nutzen, versteht sich, nicht von dem des Publikums. Man bekommt die Sängerin nun einmal leichter ins Bett, wenn man ihre Arie umgeschrieben hat.«

»Ich kann mir schon vorstellen, dass viele das so machen«, antwortete der Leutnant trocken, während er versuchte, das Bild Puccinis aus seinem Kopf zu verbannen, der vor einer enthusiastischen, splitternackten und vor Stolz trillernden Giustina aus der Unterhose schlüpfte.

»Keiner so sehr wie Rossini. Aber motiviert musste er schon sein. Er war ein fauler Strick. Hat im Bett komponiert, stellen Sie sich das vor.«

»Das ist wohlbekannt«, antwortete der Leutnant, zufrieden, nun seinerseits ein wenig angeben zu können. »Ich habe gehört, dass es von einer Arie zwei Fassungen gibt, weil ihm das fast schon fertige Blatt unters Bett rutschte, und da er zu träge war, sich aus den Decken zu schälen, nahm er sich ein neues und schrieb sie einfach noch mal.«

»Legende, Legende. Tratsch und Märchen«, wiegelte Ragazzoni ab, selbstsicher, doch in scherzhaftem Ton. »*Manca un foglio* stammt aus der Feder Pietro Romanis. Aber es stimmt, dass Rossini sich überall bedient hat, um sich nicht anstrengen zu müssen. Sogar bei sich selbst hat er abgeschrieben. Die Ouvertüre dieser Oper war ursprünglich für *Aureliano in Palmira* gedacht, die drei Jahre zuvor an der Scala uraufgeführt worden war. Die Ouvertüre gefiel ihm so gut, dass er sie auch für *Elisabeth Königin von England* noch einmal verwendete. Wenn sich jemand anbot, ihm Mühe zu ersparen, dann war ihm das jedenfalls sehr willkommen. Auch die erste Arie des Grafen Almaviva im *Barbier* stammt nicht von ihm. Sie geht auf einen Vorschlag des ersten Darstellers der Rolle, des Tenors García, zurück, Rossini hat ihn sogleich angenommen. Im Übrigen hatte García auch einen furchtbaren Charakter. Und eine irre Kraft. Stellen Sie sich vor, während ...«

Hier hätte Ragazzoni gerne die wundervolle Anekdote zum Besten gegeben, wie García auf der Bühne des Teatro

Argentina stand und die besagte Serenade sang, sich selbst auf der Mandoline begleitend, und unter den Pfiffen und dem Gegröle der Hardcore-Paisiello-Fans, um das Publikum zu übertönen, so heftig in die Mandolinensaiten griff, dass sie zerrissen. Doch auf einmal tat Pellerey etwas Unerhörtes, er fiel ihm ins Wort:

»Glauben Sie, die sind alle so?«

»Wer? Die Opernsänger?«

»Sie sagen es. Egoistisch, anmaßend, aufgeblasen, irrational ... Ich glaube, ich bin noch keinem normalen begegnet.«

Ragazzoni lachte erneut leise auf.

»So weit kommt's noch. Opernsänger sind nicht normal. Normale Leute, lieber Leutnant Pellerey, sitzen im Theater, viele davon. Die Sänger stehen auf der anderen Seite, und sie sind wenige. Kein Wunder, dass die vielen sie nicht normal finden. Das hieße ja, ihnen ähnlich. Ein Balestrieri, irrational, anarchistisch und atheistisch, wird kaum so sein wie Sie, der Sie rational denken und Monarchist sind und vermutlich auch ein glühender Katholik.«

»Selbstverständlich bin ich Katholik«, sagte Leutnant Pellerey in leicht angespanntem Ton.

Gleich käme das unvermeidliche spöttische Argument: »Finden Sie nicht, dass Punkt eins und Punkt drei sich widersprechen?«, oder so, dem würde sich eine Debatte anschließen, und der kurze Moment von Frieden und Harmonie wäre beim Teufel.

»Und Sie sind restlos überzeugt?«, bohrte Ragazzoni nach. »Überzeugt von der Existenz eines gütigen und nachsichtigen Gottes, der uns alle mit Liebe betrachtet?«

»Ich bin nicht so einfältig zu glauben, dass ich begreifen könnte, wie Gott mich sieht, aber ich glaube aufrichtig daran, dass er existiert und wir ihm nicht wertlos erscheinen. Anderenfalls hätte er uns längst von der Erde getilgt. Einem Mann wie Ihnen mag das merkwürdig erscheinen, aber ja, ich glaube an Gott.«

»Was für ein Glück«, sagte Ragazzoni in ehrlichem Ton.

Leutnant Pellerey drehte den Kopf gerade weit genug, um sich vergewissern zu können, dass Ragazzoni keine Witze machte.

»Ich bin außerstande, an Gott zu glauben, Herr Leutnant«, sagte Ragazzoni in traurigem Ernst. »Oder besser gesagt, ich glaube, dass Gott eine Erfindung ist, eine geistige Konstruktion, erschaffen von unserem Intellekt. Mein eigener Verstand merkt das, und es gelingt mir nicht, daran zu glauben.«

»Und darauf sind Sie nicht stolz?«

Ich meine, Leute wie Sie vertreten doch bis aufs Blut die Bedeutung des Intellekts, die Irrationalität der Religion, die Überlegenheit der Vernunft gegenüber dem Aberglauben ...

»Nein, überhaupt nicht. Es ist mein größtes Unglück.«

Der Leutnant war taktvoll genug zu schweigen.

»Wissen Sie, Herr Leutnant, wie man das Singen lernt? Wie Opernsänger zu ihrer Stimme kommen, die so vollkommen und kraftvoll ist, dass es geradezu übernatürlich wirkt?«

Der Leutnant schüttelte den Kopf, noch immer ohne ein Wort zu sagen.

»Ein Sänger ist in der Lage, die Ausdehnung seines Zwerchfells und den kryptothyroiden Apparat zu steuern.

Also Körperteile, deren Muskulatur eigentlich nicht der willkürlichen Steuerung unterliegt. Das Zwerchfell benötigen wir zum Atmen, bedürfte es hierzu einer bewussten Entscheidung, so wäre das Einschlafen tödlich. Und doch schaffen es Sänger, ihr Zwerchfell in gewissem Maß in den Griff zu bekommen. Wissen Sie, wie?«

»Ich habe keine Ahnung.«

»Dank ihrer Vorstellungskraft. Einige malen sich aus, sie seien Springbrunnen, aus denen Wasser sprudelt, andere stellen sich vor, umgekehrt zu atmen, also dann ein, wenn sie ihre Stimme zum Einsatz bringen, anstatt dass sie dabei ausatmen würden, wie es tatsächlich der Fall ist. Ebendies bezeichnet García, der Sohn eines großen Tenors und selbst Autor eines Traktats, das in Künstlerkreisen überaus beliebt ist, als inneren Kampf.«

Ragazzoni vergewisserte sich mit ernster Miene, dass der Leutnant seinen Ausführungen aufmerksam folgte.

»Manche Sänger«, fuhr er fort, als er feststellte, dass der Leutnant ganz Ohr war, »geben vor, gähnen zu müssen, wenn sie in hohen Lagen singen. Dadurch verändert sich der Kehlkopfapparat, wodurch sich die Stimmbänder verlängern und in Spannung geraten. Das wiederum versetzt den Sänger in die Lage, hohe Töne zu intonieren, wie es auch beim Gähnen der Fall ist. Es wird also eine Ursache vorgestellt, um eine bestimmte Wirkung zu erzielen, selbst wenn die Ursache nur in unserem Kopf existiert. Oder besser, wir denken an eine Wirkung und machen sie damit zur Ursache. Und so, durch das Verwischen von Ursache und Wirkung, lässt sich die Absicht umsetzen, lässt sich die Wirkung erzielen, die der Künstler im Sinn hat. Versuchten wir mittels einer rein mechanischen Vernunft, unser

Zwerchfell zu trainieren, so würde uns das niemals gelingen.«

»Oder vielleicht doch, nur mit größerer Mühe.«

Ragazzoni ließ ein missbilligendes Schnalzen hören.

»Kommen Sie, Herr Leutnant. Wenn Sie spazieren gehen, woran denken Sie? Jetzt kontrahiere ich mal den Wadenbeinmuskel und den Schollenmuskel, sodann spanne ich den inneren Schenkelmuskel an, und anschließend darf ich nicht vergessen, den Beinbeuger zu strecken? Oder setzen Sie die Beine einfach in Bewegung?«

Der Leutnant antwortete nicht.

»Ein aufrichtiger, irrationaler, aber unerschütterlicher Glaube ist von großem Vorteil«, fuhr Ragazzoni fort, und er klang ernster, als der Leutnant ihn bis zu diesem Moment gehört hatte. »An Gott zu glauben und an den Lohn, der einen im Jenseits erwartet, kann uns weit ruhiger leben lassen, als wenn wir überzeugt sind, uns erwarte nach dem Tod das Nichts oder die Hölle. Dass sich jemand an die Zehn Gebote hält, weil er an Gott glaubt, mag einem Nichtgläubigen als irrwitzig erscheinen, doch wenn jeder sich daran hielte, wäre die Welt ein weitaus besserer Ort. Wen kümmert schon das Warum?«

Der Leutnant zögerte, bevor er das Wort ergriff.

»Dass sich der menschliche Geist von seiner Existenz überzeugen ließ, könnte doch ein Beleg dafür sein, dass es Gott tatsächlich gibt, glauben Sie nicht auch?«

»Also wirklich, Herr Leutnant!«, antwortete Ragazzoni und verfiel schon wieder in den alten Plauderton, wie es nur einem echten Bipolaren gegeben ist. »Wenn das so wäre, dann hätte er als vollkommenes Wesen, das er doch ist, auch alle überzeugen müssen. Und bei mir hat das leider nicht geklappt. In Ihrem Fall dagegen war sein Erfolg durchschlagend. Er hat Ihnen die Substanz des Glaubens eingeträufelt, ohne Ihnen das Denken durch Aberglauben zu trüben.«

»Sind Sie da so sicher?«

»Gewiss. Können Sie mir vielleicht sagen, welcher Heilige am 29. Februar gefeiert wird?«

»Tja, so aus dem hohlen Bauch heraus nein.«

»Sehen Sie? Ein wahrer Frömmler wüsste das. Sie hingegen haben keine Ahnung.«

»Na ja, Ragazzoni. Wer soll das schon wissen außer vielleicht einem Priester?«

Ragazzoni ließ einen langen erschöpften Seufzer fahren.

»Ach, Priester. Nie ist einer da, wenn man ihn braucht.«

»Warum, hätten Sie jetzt gern einen?«

»Nicht bloß jetzt«, versetzte Ragazzoni und wies auf den Fiume Morto, der in der Dunkelheit zwischen Astwerk zu erraten war. »Aber in Anbetracht dessen, was ich Ihnen gleich zeigen werde, wäre es vielleicht nicht unangebracht, einen zur Hand zu haben. Hinter dem Kiefernwald müssen wir dann rechts abbiegen.«

»Na schön …«

»Einen Augenblick, Herr Leutnant Gianfilippo Pellerey. Zuerst müssen Sie mir Ihr Ehrenwort geben, dass Sie mir morgen helfen, meine Haut zu retten.«

»Mein Ehrenwort? Halten Sie wirklich auf solche Förmlichkeiten?«

»Ich nicht«, erwiderte Ragazzoni. »Aber Sie.«

»Verzeihen Sie, aber können Sie sich nicht einfach weigern, an dem Duell teilzunehmen? Sie wirken auf mich nicht wie ein Mann, der dem Ehren- und Verhaltenskodex große Bedeutung beimisst. Mehr noch, Sie sagten ja gerade, dass das nicht der Fall ist.«

»So leid es mir tut, da haben Sie völlig recht. Wenn es nach mir ginge, könnten Sie beide sich morgen auf die Bastionen stellen und als echte Alphamännchen mittels Pistolenschüssen klären, wie es um Ihre Kompetenz steht. Aber ich habe ein unmissverständliches Telegramm meines Verlegers erhalten. Sollte ich davon absehen, zum Duell anzutreten und meine Gründe des Kalibers 9 zur Geltung zu bringen, möge ich mich als entlassen betrachten.«

»Das überrascht mich«, entgegnete der Leutnant kopfschüttelnd. »Ich bin Ihrem Verleger einmal begegnet. Und ich weiß, dass er ein angesehener Jurist ist und seit je gegen Duelle eingestellt.«

»Ja, das ist auch mir bekannt«, gestand Ragazzoni mit einer gewissen Bitterkeit. »Ich fürchte, es handelt sich um eine kleine Vergeltungsmaßnahme für mein Verhalten der letzten Tage. Insbesondere dafür, dass ich meine Zeitung auf ihren eigenen Seiten durch den Kakao gezogen habe. Frassati ist ein guter Mann, und ich habe es letztlich nicht anders verdient. Ich bin ein wenig zu weit gegangen.«

»Also, ich muss zugeben, dass Sie Mumm haben, das, was Sie denken, so geradeheraus zu schreiben.«

»Ich danke Ihnen. Leider, Herr Leutnant, fehlt mir der Mumm, mit dem ich schreibe, bei dem, was ich anderweitig treibe. Und jetzt riskiere ich wegen meiner Großtuerei die Haut.«

Leutnant Pellerey strich mit der Besonnenheit eines Denkers über den Lauf seiner Muskete.

»Was das betrifft, kann ich Sie beruhigen. Von mir haben Sie nichts zu befürchten.«

»Von Ihnen nicht. Aber wie steht es mit unserem geschätzten Maestro Corradini?«

»Ich glaube, dafür habe ich die Lösung«, sagte der Leutnant gelassen. »Ich kann Ihnen nichts garantieren, nur so viel – wenn Sie sich an das halten, was ich Ihnen sage, stehen Ihre Aussichten, mit heiler Haut nach Hause zu gehen, ausgezeichnet.«

»Ach, das macht mir doch einigen Mut. Sie nehmen die Abmachung, die ich Ihnen vorgeschlagen habe, also an?«

»Ich kann gar nicht anders.«

»Und was soll ich machen?«

»Das ist ganz einfach. Ich werde es Ihnen genau erklären.«

»Herr Leutnant, ich hatte noch nie im Leben eine Pistole in der Hand.«

»Just darauf müssen wir zählen. Haben Sie Vertrauen. Nach rechts, sagten Sie?«

ELF

Was sich am 3. Juni 1901 auf den Bastioni San Gallo ereignete, war mit großem Abstand das irregulärste Duell in der Geschichte des *Codice cavalleresco italiano*.

Dieser bedeutende Codex, anno 1892 von Oberst Jacopo Gelli zusammengestellt, führt sämtliche Regeln auf, an die sich der wahre Ehrenmann halten sollte, wenn er sich aufgrund einer erlittenen Beleidigung genötigt erachtet, mittels Durchbohren des Beleidigers seine Ehre zu retten. Wir sagen »sollte«, und diese vorsichtige Formulierung ist aus zwei Gründen geboten.

Erstens weil Gelli zufolge der wahre Ehrenmann derjenige ist, dem es gelingt, jeglichen Streit beizulegen, ohne zur Waffe greifen zu müssen. Interessanterweise war Gelli, der Mann, der diesen Codex mitsamt einem ausgesprochen nützlichen Anhang voller Ratschläge an Duellanten in Druck gegeben hatte (einschließlich Instruktionen darüber, wie man seinem Widersacher gegebenenfalls den Gnadenstoß versetzt), war Gelli also Vorsitzender einer internationalen Kommission zur Abschaffung von Duellen.

Zweitens ist Vorsicht geboten, weil seine kostbaren Ratschläge nicht immer wörtlich genommen wurden. Und im vorliegenden Falle weniger denn je.

Angefangen damit, dass die Duellanten drei an der Zahl waren.

Und das wurde in dem Grundlagenwerklein wenigstens implizit ausgeschlossen, war darin doch immer nur von zwei Rivalen die Rede.

Die Teilnehmer hatten an den Eckpunkten eines Dreiecks Aufstellung genommen, dessen Seiten sechzehn Schritt beziehungsweise zwölf Meter lang waren: Ernesto Ragazzoni (Norden), Pierluigi Corradini (Südosten) und Gianfilippo Pellerey (Südwesten), so wie sie von den Sekundanten in Schussreihenfolge platziert worden waren. Tatsächlich sollte Ragazzoni als Erster schießen, Corradini als Zweiter und als Letzter schließlich Leutnant Pellerey.

Auch diese Abfolge stand in offenem Widerspruch zu den Vorgaben des Codex, demzufolge alle Vorteile demjenigen zukamen, der die Beleidigung erlitten hatte, darunter auch das Recht, als Erster zu schießen. Die Abfolge hatten die Sekundanten im Hinblick auf den jeweiligen Status der Gegner bestimmt: Für Leutnant Pellerey als Karrieresoldaten wäre es nicht ehrenvoll gewesen, einen aus der Armee gejagten Exmilitär aufs Korn zu nehmen oder auch einen Journalisten, der, selbst wenn er ein brauchbarer Schütze gewesen wäre, sich doch erst einmal hätte entscheiden müssen, auf welchen der zwei Leutnants Pellerey, die er da sah, er seine Waffe zu richten habe.

Die Sekundanten selbst, die Unterleutnants Cornacchione, Fresche und Fassina, hätten niemals herangezogen werden dürfen, da es sich um Untergebene eines der Teilnehmer handelte. Ihre Mitwirkung war von Maestro Corradini akzeptiert worden, da sie Bedingungen vorgeschlagen hatten, die ihrem Vorgesetzten deutlich zum Nachteil gereichten.

Nachdem die Bedingungen des Schusswechsels verlesen und die Pistolen an die Duellanten übergeben worden waren, Waffen gleicher Art für alle (der einzige Aspekt, in dem man sich möglicherweise an den Codex hielt), traten die Sekundanten beiseite, und Unterleutnant Cornacchione sagte mit weniger feierlicher Stimme, als er gewollt hätte:

»Nun ist es an Ihnen.«

Ragazzoni hob ohne auch nur einen Versuch, seine Hilflosigkeit zu überspielen, die rechte Hand, um sie dann zum vorgesehenen Ziel hin sinken zu lassen.

Und Maestro Corradini lächelte.

Er lächelte in dem Wissen, dass das Ziel nicht er war.

In einem Duell dieser Art war das Überleben eine simple Frage der Wahrscheinlichkeit – so hatte Maestro Corradini überlegt. Aus der vorgegebenen Distanz schoss Corradini selten daneben und Leutnant Pellerey nie. Während Ragazzoni, der keinerlei Schusserfahrung hatte, auf sechzehn Schritt Entfernung noch nicht einmal hoffen durfte, einen Zisternenwagen zu treffen.

Also gab es zwei Möglichkeiten:

a) Wenn Ragazzoni auf Corradini schoss und ihn traf, war er selbst ein toter Mann. Da der Maestro nicht mehr in der Lage wäre zu schießen, käme in dem Fall der Leutnant an die Reihe. Der Leutnant hätte nur noch ein verfügbares einziges Ziel, und er war ja bekanntlich ein unfehlbarer Schütze.

b) Wenn Ragazzoni auf den Leutnant schoss und ihn traf, sah er sich anschließend Corradini gegenüber. Der ein nahezu unfehlbarer Schütze war, wenn auch nicht ganz.

Ein mutmaßlicher Tod ist dem sicheren Tod vorzuziehen. Weshalb es für Ragazzoni deutlich besser sein würde, Leutnant Pellerey ins Visier zu nehmen.

Das alles galt natürlich nur für den Fall, dass Ragazzoni einen der beiden traf. Der Maestro war vom Gegenteil überzeugt. Wäre ja noch schöner. Der wird auf den Leutnant schießen und ihn verfehlen. Und dann bin ich dran. Ich schieße auf den Leutnant und treffe ihn auch, und ob ich das tue.

Und dann bleiben nur noch wir beide übrig. Zwei Duellanten, ein in seiner Ehre Verletzter und derjenige, der ihn beleidigt hat. Woraufhin ich geltend machen werde, was mir zukommt.

Dies ist ein Duell zwischen zwei Männern, werde ich vorbringen.

Ich bin derjenige, der beleidigt wurde, und habe daher das Recht, als Erster zu schießen.

Somit gebührt mir zweimal der erste Schuss. Und ich schieße nur selten daneben.

Eine logische Kette, präzise als Reihenfolge von Ereignissen konzipiert, die einsetzen würde, sobald Ragazzoni den Arm senkte und das Feuer eröffnete.

Doch Ragazzoni schien zu zögern.

Und nicht nur das, nachdem er einige Sekunden hatte verstreichen lassen, erhob er die Stimme und sagte:

»Herr Corradini?«

Verblüfft ließ sich der Waffenmeister ein paar Sekunden Zeit, bevor er antwortete:

»Sprechen Sie mit mir?«

»Ja, Herr Corradini. Ich müsste Sie um etwas bitten.«

»Wollen Sie etwa eingestehen, dass Sie mich beleidigt haben, und sich aus dem Duell zurückziehen?« Corradini schnaubte wider Willen. »Dazu ist durchaus noch Zeit, Herr Ragazzoni. Es genügt, dass Sie das Gesagte vor Zeugen zurückziehen.«

»Nein, nein, gewiss nicht. Ich will nicht widerrufen, im Gegenteil, ich würde dann jetzt auf Sie schießen.«

Stille, abgesehen von dem einen oder anderen Piepmatz, der die Worte des Journalisten mit einem so fröhlichen wie unpassenden Zwitschern kommentierte.

»Es ist nur ... Ich habe in meinem Leben noch keine Pistole in der Hand gehabt. Hätten Sie vielleicht die Güte ...« – Ragazzoni sah denkbar konzentriert drein, während er die Pistole auf den Waffenmeister richtete »... wären Sie so freundlich, mir zu sagen, ob ich korrekt ziele oder ob Sie in meiner Haltung irgendwelche Fehler entdecken?«

»Ich?«

»Natürlich Sie. Sind Sie jetzt Waffenmeister oder nicht?«

Ragazzonis Haltung war eines der komischsten Dinge, die der Waffenmeister je gesehen hatte. Die Fußposition stimmte nicht, der Winkel des Arms zum Körper stimmte nicht, die Kopfneigung stimmte nicht ...

An diesem Schuss war einfach nichts richtig. Noch nicht einmal das ausgewählte Ziel. Also Corradini. Der nach einem kurzen Moment vorhersehbarerweise ausflippte.

»Scheren Sie sich zum Teufel! Hier wird nicht gequatscht, hier wird geschossen!«

»Das nehme ich als Bestätigung«, sagte Ragazzoni und drückte auf den Abzug.

Man frage bitte nicht, wohin genau die Kugel ging, die aus Ragazzonis Pistole abgefeuert wurde; sicherlich, wie Ragazzoni gehofft hatte, nicht ins Innere von Corradini. Der, als sich die Rauchwolke verzogen hatte, heil und ganz, aufrecht und dem Augenschein nach seelenruhig dastand.

In Wirklichkeit war die Seelenruhe gleich doppelt dahin.

Zum einen, weil Corradini für einen Augenblick von der Versuchung gepackt wurde, auf Ragazzoni zu schießen; was aus taktischer Sicht einen groben Fehler dargestellt hätte, da der eigentliche Widersacher, wie sich in der vorangegangenen Minute eindeutig bestätigt hatte, der Leutnant war. Nur ein Dummkopf hätte den Dichter niedergeschossen und sich dann als Zielscheibe eines Kürassierleutnants wiedergefunden.

Zum anderen, weil Corradini in Wut geraten war, und obwohl er sein Hirn unter Kontrolle zu bekommen vermochte, ließ sich vom Rest des Körpers nicht dasselbe sagen.

Wer mit einer Pistole auf ein Ziel schießen soll, muss zuallererst Ruhe aufbringen. Jede innere Regung, der Herzschlag eingeschlossen, kann seinen Arm um jenen halben Millimeter verschieben, der ausreicht, um das Ziel zu verfehlen. Aus diesem Grund warten Scharfschützen, bevor sie ihre Waffe abfeuern, den Zeitpunkt zwischen zwei Herzschlägen ab.

Wer freilich wütend ist wie ein Eber, dem fällt das nicht leicht.

Im selben Augenblick, in dem er die Waffe auf den Leutnant richtete, merkte Corradini, dass sein Arm vor Wut zitterte.

Und auch dem Mann, den er aufs Korn zu nehmen trachtete, blieb es nicht verborgen.

Leutnant Pellerey war als Armeeoffizier, wie bereits erwähnt, ein Menschenkenner. Und er konnte beurteilen, unter welchen Umständen einer sein Bestes zu geben vermochte und unter welchen nicht.

Der Waffenmeister war ein jähzorniger Mann, wiederholte sich der Leutnant und versuchte, das Wummern seines eigenen Herzens zu beherrschen, das ihm in den Ohren dröhnte.

Einen solchen Mann wollte keiner in seinem Peloton.

Weil, wenn ein Jähzorniger die Beherrschung verliert, weißt du nie, was dich erwartet.

Ja, ja, dieser Satz ist grammatikalisch nicht ganz korrekt. Das kommt vor, wenn man eine Pistole auf sich gerichtet sieht.

Dann, zwischen zwei Herzschlägen des Leutnants, zerriss ein weiterer Knall die Stille.

Und noch bevor sich der Rauch auflöste, der von der Waffe aufstieg, erblickte Maestro Corradini das, was er befürchtet hatte. Leutnant Pellerey stand in perfekter Schusshaltung da und zielte mit der Pistole auf ihn. Der Waffenmeister war zu weit vom Leutnant entfernt, als dass er die Schweißperlen hätte sehen können, die ihm mit einem Mal auf der Stirn standen; aber nicht so weit entfernt, als dass er mit einem Fehlschuss hätte rechnen können.

Ein dritter Knall, und Maestro Corradini ging zu Boden.

»Ich erkläre, dass mir Genugtuung geleistet ist«, sagte Leutnant Pellerey laut und vernehmlich, um die Flüche Maestro Corradinis zu übertönen, der sich am Boden wälzte, das linke Knie unter den so überaus eleganten Vigogne-Hosen umklammernd, die nun nicht mehr zu retten waren, wegen des Einschusslochs und des hässlichen dunklen Flecks, der sich immer weiter ausbreitete.

ZWÖLF

»Hätte man das denn nicht im Parkett machen können?«

Auf Krücken einherhopsend, schaffte es Maestro Corradini bis zu dem Stuhl, der ihm zugedacht worden war, wie beim letzten Mal am rechten Ende der Bühne.

Der einzige Unterschied zur vorherigen Gelegenheit bestand darin, dass zwei zusätzliche Stühle dastanden. Auf einem davon, in der Mitte neben ihrem Mann, saß mit hochmütiger Miene die Sopranistin Giustina Tedesco, Hand in Hand mit ihrem Gatten, mit dem Kopf aber sichtlich woanders.

Auf dem anderen saß rechts außen neben Maestro Corradini der hünenhafte Proietti, der allerdings unverkennbar verschüchtert um sich blickte.

»Im Namen des gesamten Regiments der Königlichen Wache, Herr Corradini, bedauere ich die Unannehmlichkeiten, die wir Ihnen bereiten mussten«, sagte Hauptmann Dalmasso mit savoyischer Höflichkeit und augenscheinlich ohne zu merken, welchen Doppelsinn seine Worte enthielten. »Wir haben uns für die Bühne entschieden, um Sie alle besser im Auge behalten zu können. Unverhoffte Fluchtversuche hatten wir im Laufe dieser Ermittlungen schon mehr als genug.«

Bei näherem Hinsehen zeigte sich, dass nicht nur die Anzahl der Sitze sich geändert hatte: Den Vorsitz über die

Versammlung führte diesmal Hauptmann Ulrico Dalmasso und nicht mehr Leutnant Pellerey.

»Wahrlich. Sogar einer Leiche ist ja die Flucht geglückt«, bemerkte Corradini, dem die Kugel, die tags zuvor unterhalb seines Knies eingeschlagen war, offenbar nicht die Zunge beschädigt hatte.

»Die haben wir wiedergefunden«, erklärte der Hauptmann trocken. Der Waffenmeister klatschte lautlos Beifall.

»Bravo. Freut mich sehr. Ich sage ja immer, die Carabinieri sind die zuverlässigste Truppe von ganz Italien.«

»Das wäre jedoch«, fuhr der Hauptmann fort, »nicht ohne die wertvolle Hilfe des hier anwesenden Herrn Ernesto Ragazzoni möglich gewesen, der uns den genauen Ort wies, an dem die Leiche zu finden war.«

Zum ersten Mal in seinem Leben fand sich Ragazzoni auf einer Bühne wieder, aller Augen auf sich gerichtet. Doch auch wenn er nüchtern war, schien ihn dies nicht sonderlich zu beeindrucken.

»In den Tagen vor der Aufführung machte ich die Bekanntschaft einiger Steinmetze aus Carrara. Vielleicht kennen Sie sie, Frau Tedesco. Es handelt sich um die Herren, mit denen Sie planten, das Theater zu verwüsten.«

»Schon gut, schon gut. Sicherlich ist auch das ein Delikt, aber warum macht sich hier keiner die Mühe ...«

»Seien Sie still, Herr Corradini«, sagte Hauptmann Dalmasso mit der gelassenen Stimme eines Mannes, der lediglich zu bedenken gibt, dass man den Sprechenden ausreden lassen sollte.

»Ich wollte nur darauf hinweisen, dass sich eine Person im Raum befindet, die eine schwere Straftat begangen hat ...«

Hauptmann Dalmasso drehte sich mit der bemühten Gleichgültigkeit dessen um, dem es allmählich wirklich zu bunt wird.

»Herr Corradini, auch Sie haben eine schwere Straftat begangen. Das dürfte Ihnen doch bewusst sein.«

Corradini musterte den Hauptmann mit zusammengekniffenen Augen.

»Wollen Sie mich etwa beschuldigen ...«

»Zu dem Zweck, darüber zu sprechen, haben wir uns hier versammelt. Schweigen Sie also, damit wir fortfahren können. Bitte sehr, Herr Ragazzoni.«

»Ich danke Ihnen. Die besagten Herrschaften pflegten in der Tenuta di Gombo und den diversen Bächen, die durch sie hindurchfließen, unerlaubt zu angeln. Insbesondere der Fiume Morto ist ziemlich fischreich, wie ich hörte. Das ist ein röhrichtbestandener Wildbach, der ein Stück weit südlich von der Serchio-Mündung ins Meer fließt, just am Rand eines Kiefernwaldes.« Der Journalist räusperte sich. »Mir kam in den Sinn, dass dem Flugblatt nach wohl diese Herrschaften Balestrieri zur Freiheit verholfen hatten ...«

»Entschuldigen Sie, Herr Ragazzoni«, sagte Hauptmann Dalmasso streng. »Ziehen Sie keine voreiligen Schlüsse. Dass diese Agitatoren die Leiche weggeschafft hätten, ist eine bloße Mutmaßung. Wir haben diesbezüglich keine Beweise.«

»Also kommen Sie, Herr Hauptmann«, protestierte Maestro Malpassi mit seinem zahnlückigen Lispeln. »Liegt das denn nicht auf der Hand?«

»Nein, Herr Malpassi. Es liegt nicht auf der Hand, es sieht nur so aus. Und es ist uns gelungen, diesen Fall aufzuklären, indem wir uns genau nicht auf das beschränkt haben, was offensichtlich schien. Bitte sprechen Sie weiter, Ragazzoni.«

»Na gut. Wer auch immer es gewesen sein mag, auf dem Flugblatt stand zu lesen, der Leichnam sei auf dieselbe Weise in die Freiheit gelangt, wie die Gefängniswärter Gerüchten zufolge Gaetano Brescis Leiche entsorgt haben, nämlich indem sie sie aufs Meer hinaustreiben ließen. Allerdings ist es nicht leicht, von Pisa aus das Meer zu erreichen, ohne ein geeignetes Transportmittel und mit einer Leiche auf dem Buckel. Um einiges leichter musste es sein, sie an den Fiume Morto zu bringen und dort ihrem Schicksal zu überlassen.«

Ragazzoni seufzte.

»Möglicherweise war der Leichnam also ins Meer getrieben. Aber es war auch denkbar, dass er sich im Röhricht verfangen hatte, in einem der vielen Schilffelder, die ich an dem Gewässer gesehen hatte. Und so machte ich mich gestern Nacht auf die Suche, mit Geduld und einem langen Stock bewaffnet. *Rectificando invenies.* Verhalte dich aufrecht, und du wirst fündig werden. Ich habe das etwas wörtlicher interpretiert. Ich habe zu etwas Aufrechtem gegriffen und bin mit dessen Hilfe fündig geworden.«

»Ja, und? Stand der Name des Mörders auf der Leiche?«

»Durchaus, Herr Cantalamessa. Man brauchte nur lesen zu können.«

Der Hauptmann machte ein paar Schritte auf der Bühne, deren Bretter unter seinen Stiefeln jämmerlich knarzten.

»In letzter Zeit hat die Wissenschaft der Ballistik Riesenfortschritte gemacht, meine Herrschaften«, sagte der Hauptmann und blieb stehen. Eine Stille folgte, wie sie in diesem Theater noch nie vernommen worden war. »Kennt man das Gewehrmodell, mit dem geschossen wurde, und das verwendete Projektil, so ist es möglich, die Flugbahn des Schusses bis ins kleinste Detail zu rekonstruieren. Da im vorliegenden Fall die Position des Opfers bekannt ist, dazu die ungewöhnliche Aufstellung des Exekutionskommandos, lässt sich die Flugbahn der Kugel zurückverfolgen, was wiederum auf die abgefeuerte Waffe schließen lässt.«

Hauptmann Dalmasso musterte die vier Mitglieder des Pelotons.

»Wie Sie wissen, standen auf der Bühne vier Menschen mit Gewehren. Sie, Herr Corradini, Sie, Herr Cantalamessa, Sie, Herr Parenti ...« Der Hauptmann legte eine Pause ein. »Und Sie, Herr Proietti.«

»Jeder von Ihnen, meine Herren, hat in irgendeinem Punkt die Unwahrheit gesagt«, sagte der Hauptmann nach ein paar Sekunden aberwitziger Stille. »Sie, Herr Corradini, indem Sie behaupteten, die Gewehre stets im Auge behalten zu haben. Sie, Herr Cantalamessa, indem Sie uns verschwiegen, dass Sie mit Giustina Tedesco verheiratet sind. Sie, Herr Parenti, indem Sie vorgaben, nicht gewusst zu haben, dass der Tenor Balestrieri der Verursacher Ihres Unglücks war. Und Sie, Herr Proietti.«

Er? Herr Proietti?

»Sie bezeichneten sich gegenüber Leutnant Pellerey als Internatsschüler an der naturwissenschaftlichen Fakultät der Scuola Normale.«

»Das stimmt«, brachte der junge Hüne hervor.

»Können Sie mir dann sagen, warum kein Antonio Proietti für den Unterricht an der Scuola Normale eingeschrieben ist?«

»Weil ...«

»Weil Sie nicht Antonio Proietti heißen. Sie heißen Augusto Rossi.«

Dem jungen Mann entfuhr ein Seufzer, so lang wie sein Oberschenkelknochen.

»Rossi?«

Der Hauptmann nickte langsam und zog einen etwas vergilbten Brief aus der Tasche.

»Ja, Rossi. Welch ein Zufall – Rossi, wie der Impresario, der durch die geistreichen Einfälle Ruggero Balestrieris ruiniert wurde. Paolo Rossi hatte drei Kinder, darunter ein Zwillingspaar. Und Sie heißen Augusto Rossi, so wie einer der Söhne von Paolo Rossi.«

»Aber ich bin nicht ...«

»Worauf wollen Sie hinaus, heißt das etwa ...«

»Ich will darauf hinaus, dass das Mordmotiv durchaus an jenem unglückseligen Abend vor fünf Jahren zu suchen war, der Teseo Parentis Ruf und Paolo Rossis Kompanie zerstörte. Nur wollte nicht Teseo Parenti Rache üben, sondern eines von Paolo Rossis Kindern.«

»Aber ich kenne diesen Paolo Rossi doch gar nicht!«

»Du Lump, du Missgeburt, du Schurke«, begann Corradini und war drauf und dran, aufzuspringen, ließ sich jedoch schon in der nächsten Sekunde wieder auf den Stuhl sinken, einerseits wegen der tatsächlichen Schmerzen im Bein, andererseits wegen der hypothetischen Schmerzen, die ihm Unterleutnant Moretti zufügen konnte, der seine Muskete vielleicht allzu eifrig in Anschlag gebracht hatte.

»Sie bestreiten also, Augusto Rossi zu sein, geboren in Pesaro am 29. Februar 1880?«

»Und ob ich das bestreite! Mein Geburtstag ist der 3. Oktober!«

Corradini und mit ihm alle anderen drehten den Kopf zu Hauptmann Dalmasso, der langsam nickte, während der als Rossi enttarnte Proietti sein Projekt, unauffällig zu bleiben, aufgab und vor Zorn puterrot wurde.

»Und außerdem«, fuhr er fort, da ihn der Hauptmann mit einer Geste zum Weitersprechen ermunterte, »bin ich in Ascoli geboren und nicht in Pesaro.«

»Genau«, lächelte Hauptmann Dalmasso. »Augusto Michele Placido Rossi, geboren in Ascoli Piceno am 3. Oktober 1880. Wir haben unsere Erkundigungen eingeholt, keine Sorge, Herr Rossi. Vergeben Sie mir diese theatralische Zwischeneinlage, das sollte Ihnen nur ins Gedächtnis rufen, dass es stets unklug ist, die Sicherheitsbehörden zu belügen.«

Bentrovati drehte sich zu dem jungen Mann um.

»Aber warum, zum Henker …«

»Warum er falsche Angaben zu seiner Person gemacht hat? Soll ich das erklären, Herr Rossi, oder möchten Sie das selbst tun?«

Rossi blickte kurz in die Runde und wandte den Blick dann seinen Schuhspitzen zu.

»Im Kollegium herrscht rigorose Disziplin«, begann er verlegen. »Man hat Anspruch auf Kost und Logis, und es fallen keine Studiengebühren an, aber man muss sich an strikte Regeln halten. Wenn man beim Eintritt noch nicht volljährig ist, lässt sich der Direktor des Kollegiums als Vormund einsetzen.« Proietti/Rossi schluckte. »Ich werde im Oktober einundzwanzig, aber bis dahin muss ich für jedwede Tätigkeit oder Arbeit, die mir ermöglichen würde, Geld nach Hause zu schicken, seine Zustimmung einholen. Diesmal hatte ich das nicht getan.«

»Warum denn?«

»Weil es um eine Tätigkeit auf dem Theater ging, und das hätte der Direktor mir niemals gestattet. Ich wäre verpflichtet gewesen, zur Schließzeit ins Kollegium zurückzukehren oder mit Erlaubnis des Direktors aushäusig zu übernachten, was nicht infrage kam. Und jetzt wird man mich aus dem Kollegium entfernen, und den Abschluss kann ich vergessen.«

Ein weiterer Augenblick der Stille folgte, in dessen Verlauf, so grausam das auch sein mag, nur wenige an Augusto Rossis trauriges Schicksal dachten. Dann wurde ein Hüsteln laut, und Maestro Malpassi hob die Hand.

»Also war es nicht er?«

»Nein, er war es nicht«, antwortete Corradini sichtlich enttäuscht. »Und ich auch nicht, das weiß ich gewiss. Aber jemand muss schließlich geschossen haben. Jetzt hatten Sie Ihren schönen Coup de Théâtre, wissen Sie denn nun auch, wer der Täter ist?«

»Das wissen Sie selbst, Herr Corradini«, antwortete Hauptmann Dalmasso gelassen.

Diesmal wurde neben Corradini auch Malpassi bleich.

»In Leutnant Pellereys Bericht steht, Ihre Reaktion auf die Frage, ob Ihnen zum Zeitpunkt der Exekution etwas aufgefallen sei, habe ihn überzeugt, dass dies tatsächlich der Fall sei. Sie hätten es uns nur nicht mitteilen wollen.«

»Und Sie glauben noch immer Ihrem Leutnant, nach all dem Durcheinander, das er angerichtet hat, und nachdem Sie ihn seiner Aufgabe enthoben haben?«

»Ich habe niemanden seiner Aufgabe enthoben, Herr Corradini. Ich habe Leutnant Pellerey gebeten, dieser Versammlung fernzubleiben, die Gründe gehen Sie nichts an. Aber eines sollten Sie wissen: Der Leutnant hat die Puzzlestücke zusammengesetzt, die zur Aufklärung erforderlich waren.«

»Zur Aufklärung? Mir scheint hier gar nichts aufgeklärt, Herr Hauptmann. Und was soll mir Großartiges aufgefallen sein?«

»Etwas ganz Schlichtes, das jedoch nur ein Mann von militärischer Erfahrung bemerken konnte. Ihnen fiel auf, dass die vier fraglichen Gewehre allesamt gleich abgefeuert wurden.«

Das gesamte Theater wandte sich Maestro Corradini zu. Der dastand wie hypnotisiert.

»Pierluigi ...«

»Ja.«

»Pierluigi, wovon redet der Kerl?«

Mit resigniertem Gesicht wandte sich Corradini dem Hauptmann zu.

»Beim Verschießen von Platzpatronen, Teseo, hat die Waffe einen gewissen Rückstoß, verursacht von der Explosion der Patrone. Ich habe euch das ja vor ein paar Tagen erklärt, damit sich niemand verletzt. Wenn die Patrone aber ein Projektil enthält oder, wie es im Volksmund heißt, eine Kugel, dann durchquert diese den Gewehrlauf, und dadurch verändert sich der Rückstoß. Er ist dann nicht nur nach hinten gerichtet, sondern enthält auch eine kleine Kreisbewegung nach oben, wegen der diversen mitwirkenden Impulskräfte.«

»Und diese Bewegung nach oben hast du nicht gesehen?«, fragte Parenti.

Der Waffenmeister schwieg, den Blick auf den Boden geheftet.

»Nein, die hat er nicht gesehen, Herr Parenti«, bestätigte der Hauptmann. »Deshalb sagte ich, dass Herr Corradini wusste, welcher der vier Angehörigen des Pelotons mit scharfer Munition geschossen hatte: keiner. Die Kugel, die Ruggero Balestrieri tötete, stammte aus keiner dieser Waffen, und das war ihm bekannt.«

»Wie, zum Teufel, haben Sie das herausbekommen?«, fragte Cantalamessa.

»Ganz einfach. Die Kugel, die Ruggero Balestrieri tötete, wurde aus nächster Nähe abgefeuert.«

»Der Leichnam wies nur eine Verletzung auf, den tödlichen Einschuss«, sprach Hauptmann Dalmasso in die Stille hinein, die allein vom Summen der Fliegen durchbrochen worden war, diese Viecher kapieren einfach nie, wann Ruhe gefragt ist. »Und die Verletzung wurde von einer Pistole verursacht, nicht von einem Gewehr. Einer Pistole, die beim Schuss direkt auf Balestrieris Hemd auflag.«

»Das verstehe ich nicht. Sie haben doch die Patronenhülse auf der Bühne gefunden? Eine Hülse, die scharfe Munition enthalten hatte, und nicht nur die von den Platzpatronen?«

»Meine Männer hatten Weisung, vier Hülsen zu suchen, eine echte und drei von Platzpatronen stammende. Als die vierte gefunden war, stellten sie ihre Suche ein. Aber was, wenn jemand eine echte Patronenhülse hätte fallen lassen – ich meine die Hülse einer scharfen, bereits abgefeuerten Kugel aus dem Gewehr '91 –, und das an einer gut sichtbaren Stelle? Musste dann nicht diese als Erste oder vielleicht Zweite gefunden werden? Und wenn man vier beisammenhätte, wäre die Suche abgeschlossen. Nach einer fünften Hülse würde niemand Ausschau halten, wir glaubten ja nicht, dass es sie gebe.«

Alle Blicke wandten sich Giustina Tedesco zu. Die ganz entgegen ihren sonstigen Gepflogenheiten damit reagierte, dass sie ruhig sitzen blieb.

»Zu dem Zeitpunkt, als sich Frau Tedesco in ihrer Rolle als Tosca über den am Boden liegenden Tenor beugte, war er noch am Leben. Frau Tedesco schrie auf – wie sie uns später erklären sollte, folgte sie einem Plan, den sie und der Tenor zusammen ausgeheckt hatten, vielleicht mit anderen Komplizen. Aber der tödliche Schuss wurde erst anschließend abgegeben, und zwar, wie ich schon sagte, aus nächster Nähe.«

»Und warum hat niemand ...«

»Warum hat niemand den Schuss gehört? Eine gute Frage, Herr Cantalamessa. Weil just in dem Augenblick, in dem die Pistole abgefeuert wurde, jemand die Bühnenkanone zum Einsatz brachte. Jemand, der offensichtlich mit Frau Tedesco unter einer Decke steckte. Ich denke da an einen der zwei Bühnentechniker, Bonazzi oder Pomponazzi. Was halten Sie davon, Frau Cantalamessa?«

»Sie sind verrückt«, sagte mit einer Stimme, die alles

andere als opernhaft klang, Frau Giustina Cantalamessa, mit Künstlernamen Tedesco.

Hauptmann Dalmasso drehte sich um, als hätte die Frau ihn beim Namen genannt.

»Frau Cantalamessa, Sie sind die einzige Person, die nach der Erschießung die Möglichkeit hatte, sich Balestrieri zu nähern, bevor Leutnant Pellerey hinzukam.«

»Sie sind verrückt«, wiederholte die junge Frau und sah sich um, während der Mann an ihrer Seite weiter ihre Hand hielt, aber nur noch ganz schlaff. »Haben Sie nicht gesehen, wie Ruggero zusammengebrochen ist? Er ist doch sogar mit dem Gesicht aufs Knie geschlagen, so hat ihn die Kugel umgerissen.«

»Da muss ich Ihnen widersprechen, Frau Tedesco. Sein Sturz war unnatürlich und beeindruckend, aber das wurde nicht durch die Kugel verursacht. Wie Sie selbst eingestanden haben, war Ihre Absicht, eine Revolte auszulösen, indem Sie vorgaben, Balestrieri sei tatsächlich erschossen worden, nicht wahr? Sie hatten gewiss nicht die Absicht, ihn umzubringen. Jedenfalls nicht zu Anfang. Sein Sturz musste jedoch so wirken, als wäre er aus weniger als zehn Metern von einer Kugel getroffen worden. Und niemand kann das ausreichend überzeugend spielen.«

Hauptmann Dalmasso sah in die Runde, um sicherzugehen, dass ihm alle folgten.

»Es sei denn, der Betreffende hätte dabei Hilfe von außen. Stellen Sie sich vor, auf der Rückseite seines Kostüms sei eine Litze an seiner Hose befestigt, versehen mit einem Druckknopf. Eine Litze, die dank einer geeigneten Vorrichtung, sobald kräftig daran gezogen würde, einen plötzlichen und unerklärlichen Ruck auf das Becken des Tenors übertrüge. Und gleichzeitig würde sie im Moment des Ziehens abfallen, das wäre exakt so eingerichtet. Ein Meisterstück an technischem Können. Wäre es nicht zu kriminellen Zwecken entstanden, ich wäre versucht, den Herren Bonazzi und Pomponazzi zu gratulieren. Sie mögen Anarchisten sein, aber als Bühnentechniker sind sie ganz hervorragend.«

»Die besten überhaupt«, pflichtete Intendant Bentrovati ihm bei, einfach um zu überprüfen, ob seine Glottis noch funktionierte.

»Was reden Sie da für einen Dreck?«, wandte sich Bartolomeo Cantalamessa an den Intendanten, was idiomatisch in Ordnung war, von den Umgangsformen her nicht ganz so sehr. »Die besten? Wirklich? Und Sie, Hauptmann, was erlauben Sie sich eigentlich, wollen Sie meine Frau des Mordes beschuldigen?«

Hauptmann Dalmasso, der zusammen mit Ragazzoni als Einziger auf der Bühne imstande schien, die Ruhe zu bewahren, zog ein Blatt Papier aus der Tasche.

»Mit Ihrer Erlaubnis, Herr Cantalamessa – aus dieser Stellungnahme, unterzeichnet von den Herren Romolo Bonazzi und Remo Pomponazzi, geht zweifelsfrei hervor, dass sie am Abend der Premiere die besagte Vorrichtung gebastelt, erprobt und betätigt haben.«

Der Impresario streckte die Hand nach dem Dokument aus. Er kam allerdings nicht dazu, es in Augenschein zu nehmen, da seine Ehegattin es dem Hauptmann aus den Händen riss.

»Ein Blatt Papier, eine Stellungnahme, darauf pfeife ich doch! Begreifen Sie denn nicht? Als ich diese verfluchte

Garderobe betrat, glaubte ich, Ruggero dort lebend zu finden, und was sehe ich? Seine Leiche!«

Ruggero?

Cantalamessa starrte auf seine Hand, in der bis vor wenigen Sekunden noch die seiner Frau gelegen hatte, und steckte sie dann in die Tasche, als schämte er sich dafür.

»Haben Sie schon vergessen, dass ich an Ort und Stelle in Ohnmacht gefallen bin, Sie Dummkopf?«, fuhr die junge Frau fort, ohne davon Notiz zu nehmen. »Sie sagten doch eben, niemand könne überzeugend schauspielern, dass er die Kontrolle über seinen Körper verliert. Weshalb sollte ich das dann gekonnt haben?«

»Frau Tedesco, Sie sind eine herausragende Darstellerin, aber nicht so gut, dass Sie vor mehreren Personen eine überzeugende Ohnmacht simulieren könnten.«

»Na also.«

»Ich glaube schlichtweg, dass Sie dasselbe getan haben wie ein junger Offiziersanwärter, der mit mir auf der Akademie war. Wenn sich dieser arme Schlappschwanz an einem heißen Tag das Marschieren ersparen wollte, fasste er sich beim Appell an den Hals, wurde blass und sank nach ein paar Sekunden ohnmächtig um.« Hauptmann Dalmasso wedelte mit der Hand, versunken in die Erinnerung an jene schöne Zeit, als er sich dazu ausbilden ließ, in der Schlacht sein Leben zu riskieren. »Sehen Sie, der Vater dieses Jungen war Arzt, und er hatte daher gewisse physiologische Kenntnisse. Eines Tages erklärte er mir, wenn man sich an den Hals fasse und mit dem Zeigefinger fest auf die Schlagader drücke, dann genüge das, um eine Ohnmacht hervorzurufen, die absolut echt sei, aber auch absolut gewollt.«

»Nein ... Als Ruggero ...«

Bartolomeo Cantalamessa wandte sich seiner Frau zu, sein Blick freilich hätte besser für die Schwiegermutter gepasst.

»Das meintest du also, als du mal sagtest, du könnest auf Kommando in Ohnmacht fallen, ja?«

»Bravo! Fall du mir nur auch noch in den Rücken! Verrat mich auch du, wie sie mich alle verraten haben! Du und dieser verfluchte Hurensohn, dessen Namen mich zu sehr anwidert, um ihn auszusprechen.«

Und damit verbarg sie das Gesicht zwischen den Armen und begann wortlos zu schluchzen. Cantalamessa nahm die Gegenbeschuldigung wie jeder verliebte Mann entgegen, der von seiner Frau attackiert wird, und unternahm ein lächerliches Rückzugsmanöver:

»Aber Giustina, ich muss doch wissen ...«

Die Frau hob das mit Wimperntusche verschmierte Gesicht. Mehr als Tosca ähnelte sie in diesem Augenblick einem Joker.

»Was musst du wissen? Was musst du jetzt noch wissen, du Schwachkopf?«

Dann drehte sie sich weg, umfing mit reinem Blick die gesamte Runde und klärte ein für alle Mal:

»Ja, ich habe ihn umgebracht. In Ordnung? Ich habe ihn umgebracht, und ich bin stolz darauf.«

»Wie steht's, beginnen wir mit dem Interview?«

Leutnant Pellerey warf einen Blick zu Hauptmann Dalmasso, sah ihn nicken und lehnte sich im Stuhl zurück. Ragazzoni nahm einen ordentlichen Schluck von seinem zweiten doppelten Espresso des Tages, blätterte die nächste Seite des Notizbuchs auf und wartete, den Stift schreibbereit in der Hand.

Nachdem der Kellner des Caffè dell'Ussero zwei weitere Espressi auf das Tischchen gestellt hatte, blieb er in Erwartung eines Trinkgelds stehen. Hauptmann Dalmasso funkelte ihn an und gab ihm zwei Lire, damit er sich verzog.

»Bevor wir anfangen, muss ich Sie um einen Gefallen bitten«, sagte Leutnant Pellerey. »In Ihrem Artikel werden Sie ausschließlich von der Königlichen Wache sprechen. Einen Allein- oder Hauptverantwortlichen für die Ermittlungen gibt es nicht.«

Ragazzonis Hand verharrte mit dem Stift in der Luft.

»Ich verstehe Sie nicht«, sagte er.

»Unser Daseinszweck ist die Sicherheit des Königs und seines Volkes, nicht die Befriedigung unserer Geltungssucht«, erläuterte kontrapunktisch Hauptmann Dalmasso. »Ein Carabiniere wünscht seinen Namen nur in einem Fall in großen Lettern in der Zeitung zu sehen, nämlich wenn er in Erfüllung seiner Pflicht gefallen ist.«

»Ich verstehe Sie weiterhin nicht, aber ich beginne Sie zu respektieren. Es steht also ohne Zweifel fest, dass Giustina Tedesco Ruggero Balestrieri getötet hat?«

»Ohne jeden Zweifel«, antwortete der Leutnant. »Frau Tedesco hat die Tat in vollem Umfang gestanden, aber das kann und darf nicht genügen. Sie war jedoch auch die Einzige, die zum Tatzeitpunkt Gelegenheit hatte, aus unmittelbarer Nähe auf Balestrieri zu schießen. Sämtliche Zeugenaussagen bestätigen dies.«

»Giustina Tedesco. Das ist ihr Künstlername. Wann fingen Sie an, die Wahrheit zu vermuten?«

Du meinst wohl, wann habe ich angefangen, meinen Verstand zu benutzen.

Das war, als ich die Wunde sah, dieses dunkle Loch mit einem Archipel von bräunlichen Flecken rundherum. So eine Wunde konnte nur von einer Pistole verursacht worden sein, die beim Schuss direkt gegen die Brust gedrückt wurde.

»Wissen Sie, als ich vor ein paar Tagen Parenti befragte, ging mir durch den Sinn, welch merkwürdigen Gewohnheiten die Leute doch folgen, wenn es an die Taufe ihrer Kinder geht. Mancher nimmt den Namen des Großvaters, andere den Namen eines Taufpaten ...«

Ragazzoni notierte und nickte.

»Da gibt es auch noch Schlimmeres.«

»Oh ja. Mancher tauft sein Kind auf den Namen des Heiligen, der am Tag der Geburt gefeiert wird. Wie der Impresario Paolo Rossi.«

»Paolo Rossi? Sie meinen ...«

»Ich meine den Impresario, der Teseo Parenti – Sie brauchen nicht gleich auf die Tischplatte zu klopfen – und Ruggero Balestrieri unter Vertrag hatte. Rossi versuchte damals, sich aus einer schwierigen finanziellen Situation zu befreien, indem er einen erstklassig besetzten *Don Giovanni* auf die Bühne brachte, wurde dann aber zum Opfer von Ruggero Balestrieris idiotischen Scherzen. Die wiederum Parenti seinen Ruf als Unglücksbringer eintrugen und Rossi die Kompanie, sein Geld und das Leben kosteten.«

»Ich erinnere mich. Der arme Mann war ruiniert und beging wenig später Selbstmord.«

Der Leutnant blickte mit aufrichtigem Bedauern aus dem Fenster, wo der Arno ruhig dahinfloss, unberührt von den tragischen Ereignissen, die hier besprochen wurden.

»Genau. Paolo Rossi hatte seinen Sohn, der am 31. Dezember geboren war, auf den Namen Silvestro getauft. Ich frage mich und auch Sie: Wenn Sie eine Tochter hätten, die am 29. Februar zur Welt gekommen ist, wie würden Sie sie nennen?«

»Woher haben Sie denn von dieser Tochter erfahren?«

»Indirekt, durch den Intendanten Bentrovati. Er zeigte mir einen Brief, in dem Rossi vom sechzehnten Geburtstag seiner Zwillinge sprach, das war am Tag zuvor gewesen. Der Brief datierte auf den 1. März 1896.«

»Und das war ein Schaltjahr, natürlich. Die Zwillingsgeschwister waren also an einem 29. Februar geboren.«

»So ist es, die Geschwister. Ein Junge und ein Mädchen. Welche Heiligen werden am 29. Februar gefeiert?«

Ragazzoni hob den Kopf und sah den Leutnant mit ehrlichen Augen an.

»Hätten Sie mir diese Frage gestern gestellt, ich hätte sie nicht zu beantworten gewusst. So aber nehme ich an, Sie sprechen vom heiligen Justus.«

»In der Tat. Dann wäre da auch noch der heilige Oswald. Und der heilige Hilarius. Und der heilige August. Und es gab da eine junge Frau von einundzwanzig Jahren, dem Alter, in dem Rossis Kinder jetzt sein müssten. Ihr voller Name lautete Giustina Ilaria Osvalda Augustina Cantalamessa. Cantalamessa ist ihr Ehe- und Tedesco der Künstlername. Aber auf dem Standesamt ließ sich unschwer belegen, dass Frau Cantalamessas Mädchenname Giustina Rossi war.«

»Und der arme Augusto Rossi ...«

»Rossi ist der häufigste Nachname Italiens. Und auch der Vorname Augusto kommt nicht allzu selten vor.«

In Wirklichkeit war der Leutnant auf etwas anderem Wege zur Gewissheit gelangt. Als ihm Balestrieris Witz zum Thema Kinder und Geburtstagsgeschenke eingefallen war, hatte er zunächst in dieselbe Richtung gedacht wie Bentrovati: an Rossis Sohn Silvestro und an Weihnachten. Doch hinterher war ihm klar geworden, dass Balestrieris Witz einen anderen Hintergrund hatte. Balestrieri zufolge war Rossi so geizig gewesen, dass er seine Zwillinge am 29. Februar zur Welt kommen ließ, um ihnen nur alle vier Jahre etwas schenken zu müssen.

»Dann war das Motiv keine unerwiderte Liebe oder Eifersucht.«

Die Luft um den Leutnant wurde eng. Besser nicht dran denken.

»Nein, nein. Weder Liebe noch Eifersucht spielten eine Rolle. Nachdem Giustina Tedesco zusammen mit Balestrieri den Plan geschmiedet hatte, eine Revolte zu provozieren, hörte sie den Tenor damit angeben, den Ruin ihres Vaters verursacht zu haben. Zwar nur indirekt und ohne böse Absicht, aber verantwortlich war er doch dafür. Nein, es ging weder um Eifersucht noch um Liebe. Sondern um einfache, reine Rachsucht.«

Ragazzoni hob den Stift vom Blatt und sah den Leutnant an wie einen Freund.

»Vorsicht, was Sie da sagen, Herr Leutnant. Rachsucht ist niemals rein.«

Der Leutnant seufzte wie der nächstbeste Verliebte.

»Sicherlich war sie in diesem Fall nicht einfach.«

Hauptmann Dalmasso musterte den Leutnant.

Und der Leutnant antwortete mit einem Blick, der gelassen und vertrauensvoll war.

Kein Wunder angesichts der Ereignisse zwei Stunden zuvor.

ZWEI STUNDEN ZUVOR

»Gut, da nun die Angelegenheit abgeschlossen ist … Ja?«

Hauptmann Dalmasso sah Leutnant Pellerey an, dem ein in den Dienstvorschriften nicht vorgesehener Miniseufzer entfahren war.

Der Leutnant und der Hauptmann saßen im Arbeitszimmer des Intendanten, voraussichtlich zum letzten Mal. Die Mörderin hatte ein Geständnis abgelegt, die Opernkompanie hatte sich aufgelöst, und Leutnant Pellerey hatte dem Hauptmann seinen Dank dafür ausgesprochen, ihm die unangenehme Pflicht der Verhaftung Giustina Tedescos erspart zu haben. Aber dass die Angelegenheit abgeschlossen gewesen wäre? Pustekuchen.

»Mit Ihrer Erlaubnis, Herr Hauptmann, die Angelegenheit ist nicht abgeschlossen.«

»Richtig, richtig, Herr Leutnant. Sie sprechen von den Anarchisten. Aber machen Sie sich keine Gedanken, auch diese Sache werden wir bald in Ordnung bringen.«

»Mit dem gebührenden Respekt, Herr Hauptmann, das sehe ich anders. Wir haben die Männer verhaftet, ja, aber keiner von ihnen gesteht.«

In der Tat. Die vier Steinmetze aus Carrara waren kurz zuvor aufgegriffen worden, als sie klammheimlich aus der Locanda del Porton Rosso kamen, wo sie sich in den letzten Tagen verkrochen hatten.

»Wir haben vier Personen festgenommen, die eine Gefährdung der Öffentlichkeit darstellten, und bei der Vernehmung sitzen uns dann vier Lämmchen gegenüber. Wissen Sie, was dieses schamlose Pack behauptet hat?«

Hauptmann Dalmasso blieb still und forderte den Leutnant mit einem Blick zum Weitersprechen auf.

»Sie behaupten, nichts von dem Komplott gewusst zu haben«, erklärte der Leutnant. »Das sei allein von Frau Tedesco und Herrn Balestrieri inszeniert gewesen, und sie selbst hätten einfach wütend darauf reagiert, dass ihr Freund, wie sie glaubten, auf offener Bühne umgebracht worden sei. Mehr noch, es will überhaupt nur einer von ihnen reagiert haben. Die anderen wiederholen dreist, sie hätten friedlich die Oper genossen, bis ihnen eine Pistole in die Nieren gedrückt worden sei.«

Stille.

»Sie behaupten, die Tedesco versuche jetzt nur, ihnen das Komplott und den Versuch, eine Revolte auszulösen, in die Schuhe zu schieben. Sie hätten von nichts gewusst.«

»Ich verstehe. Vertreten das alle vier, und sind ihre Aussagen diesbezüglich stimmig?«

»Absolut. Ich habe keinerlei Anhaltspunkt, um sie zu einem Geständnis zu bewegen.«

»Verstehe. Nun ja. Wenn die Untersuchungen im Theater demnächst abgeschlossen sind, werden wir die Herren freilassen müssen.«

Befänden wir uns in einem Roman von Ende des 19. Jahrhunderts, so müsste es hier heißen, der Leutnant habe seinen Ohren nicht getraut. Aber da sich der Leutnant zwar in einem Roman befand, dieser aber im Jahr 1901 spielte, traute er seinen Ohren sehr wohl.

»Sie freilassen?«

»Ja, was sonst? Im Grunde ist das Vergehen, das sie sich haben zuschulden kommen lassen, von eher geringer Tragweite. Sie haben eben heftig reagiert, weil es den Anschein hatte, dass ein teurer Freund vor ihren Augen umgebracht worden sei.«

»Aber, Herr Hauptmann, das alles war doch Teil eines Komplotts ...«

»Nach Aussage von Frau Tedesco, durch Heirat Cantalamessa, Pellerey. Die vier Steinmetze streiten ihre Beteiligung an besagtem Komplott ab. Da steht das Wort von vier Personen gegen das einer einzigen.«

»Aber was ist mit dem Bühnentechniker, nein, mit den beiden, Bonazzi und Pomponazzi? Auch sie haben doch gestanden ...«

»Sie haben gestanden, eine Vorrichtung gebaut zu haben, durch die der Tod auf der Bühne noch glaubhafter wirken sollte. Der Tod Cavaradossis, Herr Leutnant, nicht der von Ruggero Balestrieri. Die zwei haben nur ihre Arbeit getan, und zwar auf hervorragende Weise.«

»Aber wir wissen doch genau ...«

»Was wissen wir, Herr Leutnant?«

»Wir wissen genau, dass das alles ein Komplott war!«

»So wie wir genau wussten, dass Ruggero Balestrieri von einem der Mitglieder des Erschießungskommandos erschossen wurde?«

Der Hauptmann hob den Blick und fixierte seinen Untergebenen.

»Sie haben die vier Steinmetze verhört, die behaupten, nichts von dem Komplott gewusst zu haben. Dasselbe sagen die beiden Bühnentechniker, Bonazzi und Pomponazzi. Eine einzelne Person spricht von einem Komplott, die übrigen sechs sagen, es habe keines gegeben. Wem soll ich da glauben?«

»Das ist ungerecht.«

»Herr Leutnant, wir sind nicht hier, um Gerechtigkeit zu schaffen. Wir sind hier, um die Ordnung zu wahren und dafür zu sorgen, dass das Gesetz zur Anwendung kommt.«

»Ich, Herr Hauptmann, bin weiterhin überzeugt...«

»Herr Leutnant, kennen Sie den kleinen Band hier?«

Hauptmann Dalmasso zog ein abgegriffenes Büchlein aus der Tasche, *Il galateo del Carabiniere,* den Knigge für italienische Ordnungshüter von Gian Carlo Grossardi.

Sicher doch. Dieses Manierenbüchlein hat man mir gleich bei Dienstantritt in die Hand gedrückt. Und ich habe nur kurz darin geblättert, ich bin schließlich nicht so ein grober Klotz wie Sie, der Sie jetzt Hauptmann sein mögen, aber bei der Anwerbung noch ein Bauernlümmel waren.

»Seien Sie so gut und lesen Sie diese Zeilen.«

Der Hauptmann schlug das Buch auf und deutete auf eine Seite, auf der vor wer weiß wie vielen Jahren eine Passage unterstrichen worden war.

Der Carabiniere macht sich gemein und besudelt sich, wenn er gegen einen Menschen handelt, der keine Möglichkeit hat, sich zu verteidigen; selbst wenn man einzeln auflisten wollte, welche Misslichkeiten zu diesem Einschreiten führten, ließe sich dadurch niemals ein Fehlverhalten rechtfertigen, und der Misshandelte selbst, wäre er auch noch so schuldig oder niederträchtig, könnte den betreffenden Carabiniere mit einem Lächeln der Geringschätzung und des Mitleids bla-

mieren, Ausdruck des Zweifels daran, ob jener sich wohl ebenso weit vorgewagt hätte, wäre das Treffen unter gleichen Bedingungen erfolgt.

Man bedenke, dass selbst ein Vorfall im Inneren der Kasernen früher oder später ans Tageslicht kommt, und dann leiden das Vertrauen und die Sicherheit, mit denen die Bürger den Mitgliedern des Korps begegnen sollten.

Der Leutnant sah auf und traf auf den Blick des Hauptmanns.

»Wenn wir eigenmächtig befinden, unsere Seite sei die der Gerechtigkeit und unsere Uniform eine Rechtfertigung für unsere Taten, dann gehen wir fehl. Und das Vertrauen der anderen in uns, die Grundlage unserer Arbeit, schwindet.« Der Hauptmann nickte langsam. »Die Uniform ist dann nicht mehr ein Symbol, sondern nur noch ein Kleidungsstück, mit dem wir unsere Scham bedecken. Unabhängig davon, ob man das Rot als Längsstreifen an der Hose trägt oder als Halstuch.«

Es folgten (wie könnte es anders sein?) einige Augenblicke der Stille. Aber es ging ja die ganze Zeit um eine Oper, und in der Musik gehören die Pausen eben auch markiert. Dann sprach der Hauptmann in weniger offiziellem Ton:

»Sie sollten mir eine Frage stellen, Leutnant.«

»Herr Hauptmann?«

»Kommen Sie mir nicht mit ›Herr Hauptmann‹. Sie sollten mir eine Frage stellen. Sie wissen genau, welche. Dies ist ein Befehl.«

Ich kann ihn nicht fragen, ob er wirklich so ein Depp ist, so ein Tölpel ohne Geist. Da hilft jetzt nur ein ...

Geistesblitz.

»Herr Hauptmann.« Der Leutnant seufzte. »Hatten Sie wirklich vor, Puccini zu verhaften?«

»Nein, Leutnant. Nein.«

Der Hauptmann musterte den Leutnant fest, aber gelassen.

»Ich wusste, dass Sie ein Bewunderer Puccinis sind. Mein Brief zielte allein darauf ab, Sie anzuspornen, Ihnen etwas Dampf zu machen. Indem ich mich benahm wie ein Idiot, wie ein Mann ohne Verstand, überzeugte ich Sie davon, Ihren Puccini nur auf eine einzige Weise vor dem Verlust der Ehre bewahren zu können. Sie mussten mir zuvorkommen, den Fall aufklären und dafür noch die letzten Reserven mobilisieren. Sie sind ja erst seit ein paar Monaten bei uns und waren aufrichtig davon überzeugt, dass ich ein Mann ohne Verstand sei. Schließlich hatten Sie mehrfach erlebt, dass ich mich wie ein Holzkopf benahm.«

Vor dem geistigen Auge des Leutnants lief noch einmal die Szene bei Intendant Bentrovati ab.

»Ich wage nicht, Herr Hauptmann ...«

»Wagen Sie nur, Leutnant Pellerey.«

»Also gut, warum?«

Hauptmann Dalmasso seufzte.

»Angenommen, wir steigen in zwei Automobile, Herr Leutnant, und gehen folgende Wette ein: Jeder von uns gibt Vollgas und hält auf den anderen zu. Der Erste, der von seinem Kurs abweicht, ist ein Hasenfuß und hat verloren. So nennen wir das Spiel: Wer ist der Hasenfuß? Welche Strategie würden Sie wählen, um bei diesem Spiel siegreich zu sein?«

»Ich weiß nicht, Herr Hauptmann. Vielleicht sollte ich den Gegner erschrecken?«

»Ganz genau. Und wie würden Sie das anstellen? Wie würden Sie das taktisch umsetzen?«

Da weiß ich jetzt nicht weiter, sagte das Gesicht von Leutnant Pellerey.

»Stellen Sie sich vor, Sie sehen mich in den Wagen steigen, und ich bin sturzbetrunken, so wie unser Freund Ragazzoni. Beim Einsteigen kippe ich den Rest einer Flasche herunter. Dann wühle ich unter dem Sitz herum und werfe leere Flaschen hinaus, bis ich endlich auf eine volle stoße, und die öffne ich dann mit den Zähnen, führe sie an die Lippen und fahre fröhlich los. Wie würden Sie darauf reagieren?«

»Ich würde Ihnen ausweichen, Herr Hauptmann. Sie wären ja nicht …«

Und da begriff der Leutnant und hielt inne.

»Sie wären nicht bei Verstand, wollten Sie sagen«, ergänzte der Hauptmann. »So ist es, Leutnant. Um in einer Situation die Oberhand zu behalten, in der ein Zusammenstoß zwischen den Widersachern das für beide schlimmste Ergebnis wäre, empfiehlt sich immer ein dummes, irrationales Verhalten. Wenn ein kluger Mensch zu der Überzeugung gelangt, dass wir Idioten seien und nicht bei Verstand, und wenn er daher das Resultat unserer Dummheit fürchtet, dann weicht er uns aus. Er gibt uns recht. Kurzum, er kommt zur Besinnung. Das funktioniert immer, vorausgesetzt, die Automobile sind gleich stark. Es funktioniert sogar noch besser, wenn Sie in einem Wagen sitzen und ich in einer Lokomotive, so wie in diesem Fall. Für mich, der ich in der Lok sitze, versteht sich, nicht für Sie. Behalten Sie das im Sinn, Hauptmann Pellerey.«

»Ich bin immer noch Leutnant, Herr Hauptmann.«

»Nicht mehr lange, Leutnant. Nicht mehr lange.«

EPILOG

»Ich bin aufrichtig erstaunt, Herr Ragazzoni«, sagte Hauptmann Dalmasso, als er wieder den Mund aufbekam. »Wissen Sie, Leutnant Pellerey und ich waren überzeugt, dass
Sie uns Beweisstücke vorenthielten. Wir dachten, Ihnen
sei bekannt, wo sich die Anarchisten versteckten, und Sie
wüssten über die mutmaßliche Verschwörung und alles
andere genauestens Bescheid, würden es uns jedoch ver-
heimlichen.«

»Wieso hätte ich das tun sollen, Herr Hauptmann?«

»Weil Sie Anarchist sind. Sie teilen doch deren Vorstellungen.«

»In gewisser Weise ja. Wir verfolgen dasselbe Ziel. Kennen Sie dieses neue Spiel aus England, *soccer* oder Fuß-
ball?«

Der Hauptmann sah Ragazzoni an, während er sich
fragte, ob der Espresso des Journalisten wirklich nur ein
doppelter sei oder vielleicht auch einer mit Schuss.

»Sicher doch«, antwortete er. »Manchmal spielen wir
das in unseren Mußestunden in der Kaserne. Aber ich
muss zugeben, wir sind nicht besonders gut. Als ich vor
einigen Jahren Seine Majestät Umberto I. auf Staatsbesuch
nach England begleitete, war ich als Zuschauer bei einem
Match, und das war schon etwas ganz anderes.«

»Das stimmt. Um Erfolg zu haben, muss sich eine Fuß-

ballmannschaft organisieren. Jeder muss die ihm zuge-
dachte Rolle ausfüllen, auch wenn das Ziel aller dasselbe
ist. Man rennt nicht zu elft dem Ball hinterher. Jemand
muss den Strafraum verteidigen, einer muss sogar im Tor
stehen.«

Ragazzoni nahm einen weiteren Schluck von seinem
Kaffee, der, wie dem Hauptmann inzwischen klar war,
ohne hochprozentige Zusätze auskam.

»Ein gemeinsames Ziel zu haben bedeutet nicht, dass
auch die Vorgehensweise gemeinsam wäre, Herr Hauptmann. Ich vertrete als Anarchist die Gleichheit und Freiheit aller Menschen, aber ich weigere mich, meine Ideen
gewaltsam durchzusetzen. Wie ein heutzutage noch recht
unbekannter amerikanischer Dichter sagt: Um außerhalb
des Gesetzes zu leben, musst du aufrichtig sein.«

»Tut mir leid, Herr Ragazzoni, diese Metapher ist nicht
haltbar«, sagte Hauptmann Dalmasso. »Damit würden Sie
beiläufig sämtliche Vorteile annehmen, die sich aus dem
Verhalten Ihrer Mannschaft ergeben.«

»Wie meinen Sie das?«

»Wenn ein Stopper – ich glaube, so nennt man die Spieler, die sich in der Nähe des eigenen Tores aufhalten –,
wenn also ein Stopper mit einem hässlichen Foul meinen
wichtigsten Spieler verletzt, dann wird dadurch auch für
Sie eine vorteilhafte Situation geschaffen. Teil einer Mannschaft zu sein bringt das unweigerlich mit sich.«

»Das ist wahr. Schade, dass Metaphern so reizvoll sind«,
sagte Ragazzoni nachdenklich. »Manchmal vergessen wir
über ihrer Wirkung, dass sie dennoch ungenau sein können. Sie haben recht, Hauptmann Dalmasso. Dann stellen
Sie sich besser vor, ich sei ein Zuschauer, einer, der sich

freut, seine Mannschaft siegen zu sehen, und dies auch gerne beschreibt, der jedoch ebenso bereit ist, faules Gemüse von den Rängen zu werfen und das Stadion zu verlassen, sobald er unsportliches Verhalten sieht. Wissen Sie, wichtiger als ...«

Leutnant Pellerey versank einen Moment lang in seine Gedanken.

Die Aufgabe, den Leutnant zu wecken, übernahm Unterleutnant Moretti, aus sicherem Abstand, aber mit einem Zusammenschlagen der Hacken, das man dreißig Meter weit hätte hören können.

»Ein Brief zur persönlichen Übergabe an Hauptmann Dalmasso.«

In seiner Hand ein Umschlag mit dem persönlichen Siegel Seiner Majestät.

»Danke, Unterleutnant. Ich bin so frei.«

Der Hauptmann öffnete den Umschlag und las mit nachdenklichem Gesicht.

»Schön, schön, Herr Ragazzoni. Waren Sie schon mal in Rom?«

»Nein, Herr Hauptmann. Ich war in Paris und an vielen anderen Orten, aber nicht in Rom.«

»Wunderbar, mir scheint, dass sich das bald ändern wird. Seine Majestät ersucht Sie in aller Form, ein greifbares Zeichen der Anerkennung anzunehmen.«

»Warum denn das?«

»Weil Sie durch Ihren Einsatz in diesen hitzigen und gefährlichen Zeiten eine blutige Revolte verhindert haben. Um es kurz zu machen, Seine Majestät verleiht Ihnen den Annunziaten-Orden.«

Den Annunziaten-Orden.

Die höchste Auszeichnung des Hauses Savoyen.

Wer sie erhielt, genoss unvorstellbare Vorrechte, aus jeder nur erdenklichen Perspektive. In ökonomischer Hinsicht: völlige Freistellung von Steuern und Abgaben. Im Hinblick auf die adelige Stellung: Der Träger galt als Cousin des Königs und durfte ihn sogar duzen, wenn er ihm persönlich begegnete, anstatt ihn nur im Gespräch mit Freunden als Stöpsel bezeichnen zu dürfen. Aus Sicht der Öffentlichkeit: Er hatte Anspruch darauf, als »Exzellenz« angesprochen und mit militärischen Ehren empfangen zu werden, und stand protokollarisch höher als sämtliche staatlichen Würdenträger, durfte sich also bei jeder beliebigen Gelegenheit vor den Ministerpräsidenten stellen, auch beim Metzger in der Schlange.

Ragazzoni holte tief Luft. Dann atmete er aus und sagte nur:

»Ich möchte lieber nicht.«

»Wie bitte?«

Ragazzoni wandte den Blick Richtung Fluss und sagte langsam:

»Wissen Sie, meine Herren, ich bin Anarchist. Und als solcher habe ich mich immer verhalten. Ich benötige nicht die Erlaubnis Seiner Majestät, um mich auf dem Weg zum Abort an Ministerpräsident Giolitti vorbeizudrängen. Wenn ich das will und angeschickert genug bin, kann ich das ganz allein. Die Folgen trage ich dann, wie es sich gehört.«

»Wie Sie vorhin sagten: Ich verstehe Sie nicht, aber ich respektiere Sie. Allerdings ist ausgeschlossen, Herr Ragazzoni, dass Seine Majestät Ihnen für Ihre Dienste überhaupt nicht dankt. Ohne mir Freiheiten nehmen zu wollen, die mir nicht zustehen – ich glaube, Sie könnten den König um alles bitten, was Sie möchten.«

»Wirklich alles?«

»Ja.«

»Also, eines hätte ich da schon.«

»Hervorragend. Sagen Sie uns, was es ist, und wir werden zusehen, dass Sie es bekommen.«

»Erinnern Sie sich an die Skulpturen des heiligen Kaspar und des heiligen Vitalis, die in der Unterkunft meiner Freunde aus Carrara gefunden wurden?«

»Diejenigen, die am Baptisterium Mazzini und Garibaldi ersetzen sollten?«

»Ja, genau. Also, die hätte ich gerne.«

»Wenn Sie sie wollen, dann sollen Sie sie haben«, sagte Leutnant Pellerey. »Als Zeichen der Freundschaft gegenüber Ihren Genossen.« Der Leutnant lächelte. »Denn als Kunstwerke sind sie wirklich abscheulich.«

Ragazzoni lächelte ebenfalls und drehte sich zum Leutnant um:

»Völlig einverstanden. Zwei schauderhafte Arbeiten. Da sind die alten Büsten doch viel, viel besser. Die sollten an ihrem Platz bleiben. Geben Sie mir darauf Ihr Ehrenwort, Leutnant Pellerey?«

»Ich werde tun, was ich kann, Herr Ragazzoni.«

ZWISCHEN DEM WAHRSCHEINLICHEN
UND DEM WAHREN

Am Ende dieses Romans ist mir klar geworden, dass viele von den Dingen, die ich gesagt oder meinen Figuren in den Mund gelegt habe, zwar in der Geschichte ihren Zweck erfüllen, aber womöglich schwer zu glauben sind. Ich fühle mich deshalb in der Pflicht, an den Stellen, wo sich meine Geschichte mit der historischen Wirklichkeit verbindet, zu erläutern, bis wohin meine Fantasie reicht und wo ihr die Realität eindeutig überlegen ist, wie es oftmals geschieht.

In Bezug auf Ernesto Ragazzoni, einen wahren *homo ex machina* in diesem Roman, brauchte so gut wie nichts erfunden zu werden. Journalist, Dichter und Alkoholiker von Beruf, verheiratet mit der Chilenin Cecilia Rey (deren Können am Klavier eines von Ragazzonis wenigen »ernsten« Gedichten gewidmet ist), war er wenig geneigt, sich den Grundsätzen von Gehorsam und Eleganz zu unterwerfen. Davon kündeten sein häufiges Erscheinen auf vorgeblichen Abendgalas in Pantoffeln oder mit einer Papierkrawatte um den Hals und seine noch häufigeren Entlassungen durch den Herausgeber der *Stampa*, Alfredo Frassati, denen unweigerlich am nächsten Tag die Wiedereinstellung folgte. Die hier wiedergegebenen Prosastücke und Zeitungsartikel sind apokryph, absolut authentisch dagegen die Gedichte, seine Verse und deren Bruchstücke einschließlich des wundervollen Kanons vom Schnee zwischen Florenz und der See, Gozzano zufolge erstmals bei einem Salon vorgetragen, einer Veranstaltung »arg literaturbeflissener Fräulein, denen er eifrig versicherte, er könne gerne noch ein paar Stunden lang fortfahren«.

Ernesto Ragazzoni sagte von sich, er sei ein Meister in der Kunst des Nichtschreibens, also darin, sich Artikel und Gedichte vorzustellen; diese seien dazu bestimmt, in seinem Gedächtnis zu verweilen, dem freien Gebrauch durch den Autor vorbehalten, der vermutlich den Inhalt bereits am Tage der Abfassung in Hektolitern Rotwein auflöste. Von seiner schlechten Angewohnheit, »ganz und gar unsichtbare Seiten« zu verfassen, sprach oder, schlimmer noch, schrieb der Dichter bei mehreren Gelegenheiten, und er musste ernsthaft davon überzeugt sein, wurden uns doch einige seiner berühmtesten dichterischen Kunststücke nur mündlich überliefert.

Was an historischen Begebenheiten über Giacomo Puccini berichtet wird, entstammt ausnahmslos seinen eigenen Schriften (Briefen, Notizbüchern, Arbeitsexemplaren von Libretti und derlei mehr). Tatsächlich Freund oder Gefährte der erwähnten Anarchisten und tatsächlich abgeneigt, die eigenen Opern zu dirigieren, trat der aus Lucca stammende Komponist ausgerechnet in Carrara als Dirigent der *Tosca* auf die Bühne. Ebenso real sind die eingestreuten Informationen zur Entstehung und Entwicklung des Librettos dieser Oper: Puccini pflegte aktiv an der Ausarbeitung der Textpassagen mitzuwirken (wären wir hier nicht unter wohlerzogenen Menschen, könnte man auch sagen, dass er den Librettisten entsetzlich auf die Eier ging), und seine persönlichen Exemplare der Libretti sind mit vielfachen Korrekturen und Kommentaren versehen, mit Textstreichungen, musikalischen Ergänzungen und Hinweisen aller Art. So erscheint zum Beispiel am Rand der Seite, auf der das Tedeum steht, die Anweisung: »Posaunen, Pauken, Kanonen, Orsini-Bomben, Vulkane, Hautausschlag«, das alles in Puccinis Handschrift.

Eine eigene Bemerkung verdient der Gebrauch von Kraftausdrücken, der mir bei meinem letzten historischen Roman vorgehalten worden war, in dem ich Giosuè Carducci hässliche und böse Wörter sagen ließ. Aber bedauerlicherweise gab es auch Ende des 19. Jahrhunderts schon Kraftausdrücke. Puccini selbst verwendete sie gelegentlich in seinen Briefen. Die philologische Notwendigkeit bietet mir einen willkommenen Anlass, den wundervollen Brief zu zitieren, in dem er seiner Schwester durch eine lange Aufzählung charakteristischer Orte und Situationen Ägypten beschreibt:

Die Pyramiden, das Kamel, die Palmen, die Turbane, die Sonnenuntergänge, die Truhen, die Mumien, die Skarabäen, die Kolosse, die Säulen, die Königsgräber, die Feluken auf dem Nil, der nichts anderes ist als das Freddanatal in groß, der Fes, der Tarbusch, die Mohren, die Halbmohren, die verschleierten Frauen, die Sonne, die gelben Sande, die Strauße, die Fliegen, die Engländer, die Tore wie in Aida, Ramses I., II., III. usw., *der fruchtbare Schlamm, die Stromschnellen, die Moscheen, die Museen, die Hotels, das Nildelta, der Ibis, die Büffel, die aufdringlichen Straßenverkäufer, der Gestank nach Fett, die Minarette, die koptischen Kirchen, der Madonnenbaum, die Cook'schen Dampfschiffe, die Esel,*

das Zuckerrohr, die Baumwolle, die Akazien, die Maulbeer-
feigenbäume, der türkische Kaffee, die Musikgruppen mit
Schalmeien und Trommeln, die Prozessionen, die Basare,
der Bauchtanz, die Krähen, die schwarzen Falken, die Tän-
zerinnen, die Derwische, die Levantiner, die Beduinen, der
Khedive, Theben, die Zigaretten, die Shisha, das Haschisch,
das Bakschisch, die Sphinxen, der riesige Phtà, Isis und Osi-
ris kotzen mich inzwischen gründlich an, und am 20. reise
ich ab und erhole mich. Tschüss, dein Ägyptophage.

Apokryph und gründlich unglaubwürdig ist, dass Puccini
seine Librettisten Luigi Illica und Giuseppe Giacosa als
Damen verspottet hätte; dies ist eine beiläufige Hommage
an Ettore Borzacchini, meinen unvergessenen Meister in
Sachen Humor. (So wie der vorangegangene historische
Roman enthält auch dieses Buch zwei Referenzen auf
meine großen Vorbilder: Neben Borzacchini konnte Fede-
rico Maria Sardelli nicht fehlen, dessen Anhänger eine
wirklich maßlose Anspielung finden werden.) Real hingegen waren die Meinungsverschiedenheiten Puccinis mit
Victorien Sardou, dem Verfasser des zugrunde liegenden
Theaterstücks, wie auch der ungünstige Umstand, dass er
bei drei Opern in Folge die weibliche Protagonistin sterben
ließ. Puccini, dem möglicherweise bewusst war, dass der
Ausgang des Melodrams zu einer Unzahl komischer Situationen führen würde, versuchte auf jede nur erdenkliche
Weise, seiner Heldin das Leben zu retten, aber da war
nichts zu machen.

Die ständigen Bezüge auf Gioacchino Rossini, nolens vo-
lens eine implizite Hauptfigur in dem Buch, sind nicht nur

historisch belegt, sie verdanken sich auch einigen persönlichen Gründen. Zum einen meiner festen Überzeugung, dass er der größte italienische Komponist überhaupt gewesen ist; zum anderen der bemerkenswerten Affinität zwischen dem Dichter Ragazzoni und dem Komponisten Rossini.

Träge, bipolar und ein ebenso begeisterter Esser, wie Ragazzoni ein Weintrinker war, kann Rossini als eines der frühesten Beispiele für einen On-demand-Komponisten gelten. Häufig kam der Maestro morgens zu den ersten Proben für eine Oper ins Theater, wo Sänger und Musiker schon auf ihren Einsatz warteten, setzte sich ans Cembalo und rief: »Auf geht's, lassen Sie mal hören, was Sie an Stimme zu bieten haben.« Wenn er dann die Sangeskünste der Hauptdarsteller abgewogen hatte, kreierte er ein Stück nach dem anderen, Musik, die nicht nur sublim war, sondern auch dem jeweiligen Interpreten auf den Leib geschneidert.

Was Rossini jedoch am innigsten mit dem Dichter aus Orta verbindet, das sind die ganz und gar unsichtbaren Seiten.

Gioacchino Rossini zog sich von der Opernbühne zurück, als er noch keine vierzig war, wahrscheinlich aufgrund einer schweren Depression, von der er sich erst in den letzten Lebensjahren wieder erholen sollte. Nach der Aufführung seines *Wilhelm Tell*, basierend auf einem Libretto der zwei unglückseligen Franzosen Jouy und Bis, von denen der Musiker aus Pesaro zu sagen pflegte, ihre Geistesgaben seien unendlich viel kürzer als ihre Eigennamen, komponierte und spielte Rossini lange Zeit nur noch zum eigenen Vergnügen und dem seiner Freunde, die er zu sonntäglichen Musikmatineen einlud. Im Verlauf einer dieser Matineen brachte ihm ein Diener, während er gerade mit einigen befreundeten Kirchenmännern herumalberte, seine eigene *Italienerin in Algier* parodierend, die Nachricht vom Tode Silvio Pellicos; und Rossini ließ den Kopf hängen und improvisierte auf dem Klavier eine Trauermelodie von herzzerreißender Wehmut, die die Anwesenden in den Bann schlug, bis er unverhofft mitten im Spiel abbrach; und trotz allen Drängens seitens der Gäste, die das improvisierte Stück einhellig für eines der schönsten hielten, das sie je gehört hatten, notierte Rossini von dieser Threnodie keine einzige Note.

Der Realität entstammen, mögen sie auch manchmal erfunden scheinen, sämtliche hier zitierten Bücher: Die Stellen aus Gian Carlo Grossardis *Galateo del Carabiniere*, Jacopo Gellis *Codice Cavalleresco Italiano* sowie dem *Manuale pratico di canto figurato* von Giovan Battista Mancini sind allesamt wörtliche Zitate.

Eine eigene Anmerkung verdienen die Zwischenfälle auf Opernbühnen, die im Roman erwähnt werden und nichts anderes sind als die literarische Transposition tatsächlicher Missgeschicke auf der Bühne oder drumherum.

Das WC-Spülungssolo zur Einführung des Komturs in *Don Giovanni* ist mitnichten eine Erfindung von mir. Besagtes Instrument kam, wenn auch ganz unfreiwillig, im Jahr 1956 in Covent Garden zum Einsatz, als die BBC *Don Giovanni* landesweit im Radio ausstrahlte, ein Live-Erlebnis für Hunderttausende von Musikverrückten, darunter auch Königin Elisabeth II. Aber das war nicht nur einzigartig, sondern auch ein Einzelfall.

Wesentlich häufiger fangen Perücken auf der Bühne Feuer. Das berühmteste Beispiel hierfür ereignete sich (wie auch nicht) während einer *Tosca*-Aufführung, bei der Maria Callas, die gerade Tito Gobbi alias Scarpia umgebracht hatte, sich über ihn beugend zwei Kerzenhalter abstellte. Einer der besagten Gegenstände steckte, den Gesetzen der Thermodynamik getreu, den Haarschmuck der Sopranistin in Brand. Als sie sich aufrichtete und ahnungslos weitersang, blieb Scarpia nichts anderes übrig, als wiederaufzuerstehen und den Brand durch eine letzte Umarmung zu löschen, aus der sich die Göttliche löste, nachdem sie dem Kollegen ihren Dank zugeflüstert hatte; dann stieß sie Gobbi zu Boden und improvisierte zu den Noten des Orchesters ein schmerzerfülltes: »Nun stirb doch, Schurke!«

Solcherlei Vorfälle auf der Bühne gab es schon viele und wird es immer geben. Ich glaube, ich täusche mich nicht allzu sehr mit der Vorhersage, dass der Text, den Sie gerade in Händen halten, dereinst häufiger in Antiquariaten als in Buchhandlungen verkauft werden wird, und gleichzeitig werden die Leute noch Schlange stehen, um die tragische Geschichte der Liebe zwischen Mario Cavaradossi und Floria Tosca zu hören.

ZUM ABSCHLUSS

Um eine derart breite Bildung zur Schau stellen und überdies noch so tun zu können, als ob ich diesen Wissensschatz voll und ganz beherrschte, war die Mitwirkung zahlreicher anderer nötig, Helfer auf dem Papier wie in Fleisch und Blut. Jedem von ihnen gilt daher mein Dank.

Ich danke Gabriella Biagi Ravenni, die mir ihr grenzenloses, ja uneinholbares Wissen zu *Tosca* und Puccini zur Verfügung stellte; man hat nur selten Gelegenheit, mit einem derart kenntnisreichen Menschen zu reden.

Gleichermaßen danke ich Alessio Rosati, meinem Exkollegen auf dem Gebiet der Molekularchemie und heute glücklicher und angesehener Kostümbildner, für tausend kostbare Einsichten in Gebräuchliches, Missbräuchliches und Ungebräuchliches auf der Bühne: ein weiterer Beweis dafür, dass Chemiker, die sich auf ein berufliches Terrain abseits ihres Studiengebietes wagen, durchaus zu beachten sind.

Ich danke Alessandro Bottai, Cristiano Birga und Nicola Battista, die mir etliches über Schusswaffen erklärten, das mir unbekannt war oder wozu ich falschen Ansichten anhing. Sollte jemand gegen meine Kenntnisse etwas einzuwenden haben und mir dies persönlich nahebringen wollen, so bedenke er: Etliche meiner Freunde verstehen mit diesen Waffen umzugehen.

Ich danke wie immer, aber niemals genug meinen privaten Lektoren: Virgilio & Serena, Mimmo & Letizia, Liana (die Schwiegermutter), Totaro, Cheli (ja, auch der wieder), Carlo Pernigotti und meinen Mitbürgern aus Olmo Marmorito (Davide, Elena, Massimo, Alessandra, Sara, Pontiziano).

Und wie immer, aber niemals genug danke ich Samantha, die ausdrücklich erst am Ende des Buches erscheint, aber auf seinem gesamten Weg von grundlegender Bedeutung ist, bei der Ausarbeitung wie beim Niederschreiben. Was in diesem Fall einen echten Liebesbeweis darstellt: Denn Opern hasst oder liebt man, und Samantha kann sie nicht ausstehen ...

INHALTSVERZEICHNIS

Verbrechen mit Nebenwirkungen

Marco Malvaldi

Verbrechen auf Italienisch

Kriminalroman

Aus dem Italienischen von
Luis Ruby
Piper Paperback, 272 Seiten
€ 14,99 [D], € 15,50 [A]*
ISBN 978-3-492-06016-5

Der italienische Bestsellerautor Giacomo wurde ausgeraubt. Die einzige Fassung seines neuen Buchs war in seinem geklauten Laptop gespeichert! Das allerdings haben die Diebe unter dem Fahrersitz des von ihnen gestohlenen Peugeots vergessen. Als der rechtmäßige Besitzer des Autos, der Computerspezialist Leonardo, das Laptop findet, stößt er auf Giacomos Romanmanuskript und beginnt zu lesen. Und schon nimmt ein Verwirrspiel seinen Lauf, das das Leben so einiger Leute gehörig durcheinanderwirbelt.

PIPER

Leseproben, E-Books und mehr unter **www.piper.de**

»Ein ebenso witziger wie frecher Krimi.«

Corriere della Sera

Marco Malvaldi

Toskanische Verhältnisse

Kriminalroman

Aus dem Italienischen von
Luis Ruby
Piper Taschenbuch, 224 Seiten
€ 8,99 [D], € 9,30 [A]*
ISBN 978-3-492-30639-3

In Montesodi Marittimo leben mehr Hühner als Menschen. Ein von Gott und der Welt vergessenes Örtchen, dessen Bewohner seit Jahrhunderten Fremde nicht gerade willkommen heißen. Ideales Terrain für einen jungen Arzt, die genetischen Eigenheiten der Bevölkerung zu untersuchen. Doch kaum ist er dort eingetroffen, stirbt unter mysteriösen Umständen seine Vermieterin. Da in der Nacht ihres Todes ein Schneesturm das Dorf von der Außenwelt abschnitt, muss der Mörder noch mitten unter ihnen weilen …

PIPER

Leseproben, E-Books und mehr unter **www.piper.de**

»Ein amüsanter Krimi.«

Marco Malvaldi

Das Nest der Nachtigall

Kriminalroman

Aus dem Italienischen von
Luis Ruby
Piper Taschenbuch, 240 Seiten
€ 10,00 [D], € 10,30 [A]*
ISBN 978-3-492-30397-2

Pellegrino Artusi, Feinschmecker und beleibter Starkoch, ist zu Gast auf einem toskanischen Schloss. Doch nicht als Kulinariker, sondern als Kriminalist ist er bald gefragt, denn der Haushofmeister des Anwesens wird vergiftet in der Küche aufgefunden. Artusis ganzer Spürsinn ist gefragt, denn alle außer ihm halten das Zimmermädchen Agatina für die Mörderin …

PIPER

Leseproben, E-Books und mehr unter **www.piper.de**